ハマサキ チヅル
さんへ

2010.9.10

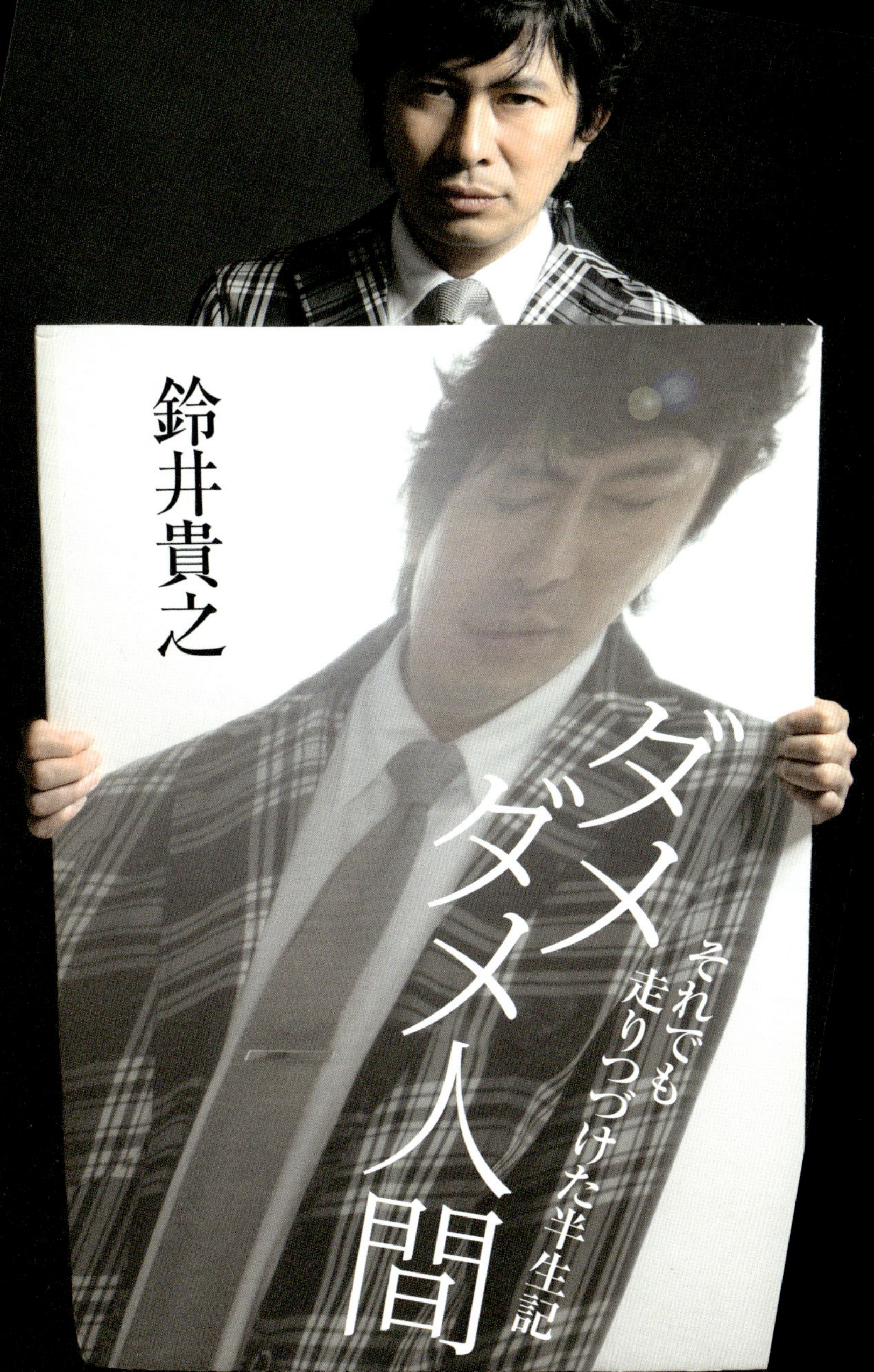
鈴井貴之
ダメダメ人間
それでも走りつづけた半生記

目次

ブックデザイン　泉沢光雄
写真（カバー・別丁トビラ）　川口宗道
ヘアメイク　西岡達也（vitamins）
スタイリング　九（Yolken）

0　虚弱で薄弱で軟弱で

煽《おだ》てられ調子に乗る。躓《つまず》いては凹《へこ》む。いつも気持ちは浮き沈みしている。まるでフリーフォールに乗っているかのように、心と体は離れ気持ちが悪い。

一九九二年二月。フランスのアルベールビルで行われた冬季オリンピック。女子フィギュアスケートで伊藤みどり選手が銀メダル。荻原健司選手等のノルディック複合団体が金メダルを獲得した頃、僕は北海道札幌市で社長になった。賃貸マンションの一室。そこには机が二つと電話機、そしてテレビがあるだけの簡素なものだった。ただ、事務所開設にかかる費用の一切合切、マンションを借りるための敷金礼金家賃、家具はもちろん、果ては消耗品であるトイレットペーパーまで用意したのは当時交際中の彼女だった。それまで勤めていたアパレル企業の退職金を彼女はつぎ込んだのだった。会社は僕と僕が主宰していた劇団のマネージメントを行うためのものだった。小さな小さな頼りないタレント事務所の開設だった。

それまでの僕は定職にも就かずアルバイトで生計を立てていた。ガスや電気を止められることは珍しくはなかった。ろくに仕事もない僕に蓄えなどあるはずもなく、僕は一銭も出してはいない。それなのに彼女は男である僕の面子《めんつ》を立てて、僕を社長に据えたのだった。

ここまでが前作『ダメ人間 ～溜め息ばかりの青春記』である。

誰もが経験しうる二〇代の葛藤を自己体験に則って記した。その内容に驚かれた方、失望した方、笑い転げた方、共感した方、様々だった。感想が僕の手元にも届き、改めて自分の半生を反証し反省した。

だが、読み返してみると気になる部分がある。一九二ページ。


〝根拠のない自信〟を洗い流そうと思った。体にこびり付いた〝根拠のない自信〟はそう簡単には落ちない。〝謙虚〟と〝感謝〟でゴシゴシやった。それでも落としきるのに、それからさらに一〇年以上の月日が必要だったように思う。そして、さっぱりとした自分を鏡越しに見つめた。鏡の中で微笑んでいたのは、あの自己嫌悪の顔だった。

そう記していた。はっきりと書いている。

それでも落としきるのに、それからさらに一〇年以上の歳月が必要だったように思う。

さらに一〇年……と。

そうなのだ。ダメ人間は前作では終わっていなかった。会社社長になり、数々のテレビやラジオに出演しながらも、僕はまだまだダメ人間だった。結婚もし子供を授かったというのに僕は、ダメ人間を上回るダメダメ人間だった。

そもそも前作のあとがきにて『ダメ人間 ～溜め息ばかりの青春記』を書いたことを後悔していると書いている。

にもかかわらず、こうして続編を書いていることが、もう完全にダメ人間なのである。煽てられ調子に乗る。躓いては凹む。いつも気持ちは浮き沈みしている。まるでフリーフォールに乗っているかのように、心と体は離れ気持ちが悪い。そして、落ちる所に落ちるしかない。地に落ちた体に遅れて心がふわりふわりと揺れながら落ちて来る。そして放心した僕は遅れて我に返る。

ここに記す物語は、まさにそんな状態の自分だ。目標に向かい人生を歩んで行く。紆余曲折はあったものの端《はた》から見れば着実にステップアップしていったかのように感じられるだろう。そうかもしれない。当時の自分もそう錯覚していたのかもしれない。北海道という地で、劇団活動やタレント活動など成立するものではないと言われてきた。そう言われる度に笑顔で受け流したり、時には怒りで机を叩いたりしてきた。でも同時に僕の中ではいつも不安が渦巻いていた。

東京や大阪とは事情が違う。模範となるものもない。導いてくれる人もいない。すべては手探りで道すらない。出口のない迷路に迷い込んだようなものなのだ。無謀な話だ。一方では世間知らずだったからこその成せる技だったのかもしれない。もう少し現実を認識していたら、さすがにこんな暴挙にはでていなかったかもしれない。〝無知〟だから出来たことなのかもしれない。

様々な分野において、地方は東京と比較して成熟していないと思う。AAA（トリプルエー）、〝曖昧〟で〝アバウト〟で〝危うい〟のだ。だがこの適当さ、緩《ゆる》さから新しいものが生み出される可能性が今の時代にはあるのではないかと思う。大きな組織で大きなプロジェクトになると失敗は絶対に許されない。さらには万が一にでも失敗してしまうと二度とチャンスは訪れない。それだけの経験値があるのだから仕方がないのかもしれない。こと地方になると基本的には経験がない。経験がないのだから、たとえ失敗しようともそれは、

「まあ仕方がない」

としてくれる場合もある。さらには
「次に頑張れば良い」

と失敗すら一つの経験と容認してもらえる場合がある。であるから失敗を恐れずに挑戦出来る。そんな土壌が地方にはまだ残っている。

〝曖昧〟で〝アバウト〟で〝危うい〟ＡＡＡは逆の意味で真の最高評価を得る結果を生み出すことが出来る。

一九九二年に起業してから数えきれないほどの失敗を重ねてきた。その都度、立ち上がれなくなりそうな痛みを覚えた。だが、そんな時でも多くの人々が支えになってくれてもう一度歩み出すことが出来た。手を差し出して
「さあ、もう一度歩もう」

と言ってくれた。

「失敗して当たり前」

そういう思いがさらなる挑戦を促す。大きく跳び上がるには膝を曲げて小さく屈《かが》まなければならない。小さくなることを恐れては跳び上がれない。

〝無知〟であることが可能性を見出したように、ダメであることはチャレンジ精神をかき立てるのだと思う。というか、そう思わないと自分の人生が何なのか分からなくな

ってしまう。無理矢理の肯定なのかもしれない。ただ、人生を否定しようとする人はいないだろう。どんな最悪な状況でもこじつけた理由を探し自分を擁護する。それはそれで健全なのかもしれない。自分で自分を嫌いになることは辛いことだから。

これから書き記すのは、一人のダメな男が多くの仲間に助けられながら数々の失敗を繰り返す物語である。〝無知〟と〝ダメ〟だらけだ。それでも何とか歩んできた。そして一時は、心と体がバラバラになりながらも到達するのは、虚像の自分ではなく等身大の自分と向き合う勇気を得ることである。本当の自分。それは虚弱で薄弱で軟弱な姿だ。それを鏡に映し出し向き合う。思い描いてきた自分とは全く違う姿。それを受け入れてこそ、新たなる挑戦が始まるように思う。

情けない自分と対峙する。所詮、人間なんて一人では何も出来ないのだから。

ダメダメ人間

それでも走りつづけた半生記

1　カニ貧乏

東海道新幹線で「のぞみ」の運転が始まった一九九二年の春。東欧では第二次世界大戦後最悪と呼ばれたボスニア・ヘルツェゴビナ紛争が起こり、若者たちに絶大なる支持を受けた尾崎豊が、二六歳という若さで亡くなった。

その春四月、深夜のテレビ番組で僕は初めてメインパーソナリティを務めることとなった。土曜日の深夜午前一時三〇分から三時までの九〇分間生放送であった。

北海道文化放送『にっぽんPUCA²（プカプカ）』

出演者は僕とアシスタントの女性が二人。さらにＢＧＭはスタジオ内のブースからＤＪが流していたので厳密には四人。ただこのＤＪは番組の音効さんだ。基本的にはクレーンカメラが一台だけのワンカメショーだった。毎週決まったテーマがあり、それをもとに視聴者の方と電話でトークするという内容だった。それがメインだった。言うなればラジオみたいなテレビ番組だった。地方局で低予算だったから作られた番組だったと思う。シンプルな構成はある意味ではチャレンジだった。第一、メインパーソナリティに売れない劇団員の僕を起用したことが一番の冒険であろう。当時、夕方帯で毎日一時間のラジオはやっていたが知名度はないに等しい。三〇歳になる一ヶ月前のことだった。

大学を中退し、アルバイトをしながらずっと劇団をやってきた。果物の仲卸問屋で選果（リンゴなどを等級別に分ける）、ファミレスの皿洗い、市場調査、引っ越し屋、スーツアクター、イベントの台本書き、ショップで販売員、バーテンダー、パブの雇われマスター。定職に就かず演劇に夢を馳せ過ごしていた。そんな僕を両親は心配し、たまの正月に実家に帰ると、母親は涙を浮かべ言った。

「夢なんか見ていないで、現実を見なさい」

父が言う。

「市役所の知り合いに頼んで臨時職員なら採用してくれるかもしれない」

僕は黙ったままだ。

「東京ならまだしも、北海道なんだから」

「いつまでもこんなんじゃいられないだろう」

重く厚い唇を開いて僕は言った。

「三〇まで、三〇歳まで好きにやらせて欲しい」

「三〇でダメならまともに働くんだな」

父の言葉に僕は無言で頷いた。

三〇歳を過ぎて何の兆しも見えなくとも、なんだかんだ言い訳を考えてもがいていたに違いない。僕は往生際が悪い。スパッと決断出来ない。いつも答えを先延ばしにしてしまう。結果的にはそれが功を奏したようにも思えるが、要は諦めが悪いのだ。

学生時分に夢を語り合った友人は、大学をしっかり卒業し名だたる企業に就職していた。有名自動車メーカー、パソコンメーカー、広告代理店、銀行、有名電機製造業だ。そして三〇歳を目前にその多くが結婚をした。披露宴に呼ばれる機会も多かった。円卓に座る友人たちはブランドもののスーツに身を包み学生の頃とは印象が違う。差し出された四角い名刺には初めて見るカタカナの部署が書かれていた。小さな名刺にも当時の僕は気後れした。

友人たちの披露宴はどれも華やかで、多くの同僚たちが盛り上げていた。そんな姿を見て、純粋に友人を祝福する自分と同時に卑屈になる自分がいた。地方で演劇を志してはいたが先は見えない。真っ暗だった。かといって夢を捨て現実的になることは出来ない。往生際が悪いからだ。どんどん時代から取り残されていくような思いに駆られていた。

「いいよな、お前は夢を見ていられて。社会に出るともう現実はシビアだぜ」

隣の席に座る友人が言った。

「社会に出るともう現実はシビアだぜ」

引っかかった。

「社会に出ると」

そうか、彼にとって僕はまだ社会には入っていない学生のような存在に思えたのだろう。大学は中退した。すでに学生ではない。今ならフリーター、ニートと呼ばれるのだろう。当時の僕は〝社会人浪人〟だったのだろうか。

三〇歳を超えてやっと掴んだチャンス。そのことに気が緩んだのか、当時の僕はやっと人並みの生活が出来るようになったはずなのに、相変わらず貧乏であった。収入はあった。テレビのレギュラーの他にラジオも帯番組を一本に週一の三〇分番組を二本持っていた。それまでのアルバイター生活と比較すれば四倍以上の収入があった。

何事もそうなのだが、僕には計画性がない。順番を経て結果に導こうという考えが欠落している。どうも行き当たりばったりで、

「何とかなるさ」

という楽観的な考えが全体を包みこんでいる。

ススキノで雇われマスターをしている時もそうだった。毎月の売上目標さえも設けず、仕入れの金額さえ気にしていなかった。毎日の営業は適当で、高級ブランデーの封

を切っても、客からは
「一人二〇〇〇円でいいよ」

と原価にも満たない額しか要求しなかった。当然、店の経営は火の車になる。それで多くの知人、特に女性に「Help me!」の電話をするのだった。そんなものでも何とか乗り切って来たので、その癖はなかなか直らない。

ギャラが入ってくれば入っただけ使い切ってしまうのだ。しかも、当時は何に投資していたかというと〝蟹〟である。

毎日、カニを食べていた。本当に毎日だった。それも二杯三杯と食べることも珍しくはない。主食がカニなのだ。カニがあれば何もいらない。晩飯はカニとビール。そんな生活が随分と続いた。

流石《さすが》にカニ専門店では一杯三〇〇〇円から五〇〇〇円もしてしまう。そういった高級ガニは週に一度くらいしか口に出来なかったが、北海道では普通のスーパーマーケットでも毎日ゆで上がったカニを販売している。小振りだが安く手に入るカニを毎日食べていた。北海道ではタラバガニ、毛ガニ、ズワイガニなど様々なカニを手に入れることが出来るが、決まって毛ガニだった。身のしまった毛ガニは、カニの中の王様と信じて疑わない。

それまではスーパーマーケットに行っても、いつも財布の中身を気にした。財布の中に札が一枚も入っていないというのもざらだ。千円札もない。ジャラジャラと硬貨が音をたてぶつかりあっている。そんなものだから、頭の中に架空の電卓を思い浮かべさせ、合計金額を計算する。財布にある金額を超えてはならないからだ。当時は消費税が三パーセントだったから、計算はなかなか難しいものだった。

人並みのギャラを貰うようになると財布の中には何枚かの紙幣も紛れ込むようになった。今は無き野口英夫や新渡戸稲造が肩を寄せ合い、福沢諭吉が幅を利かせていることも珍しくはなくなった。スーパーへ行っても消費税計算を気にすることがなくなった。

今までインスタント食品や乾麺売場ぐらいしか寄り付かなかったのに、鮮魚売場にも立ち寄る。切り刻まれその原形をとどめない切り身魚が多い中、海での姿をそのままにした毛ガニは一際輝いているように見えた。どうだ、と言わんばかりに横たわっていた。

「おい、若造。お前になんか俺様は手が出ないだろう」

真っ赤になった姿で挑発する。

「バカ言うな。たかだかスーパーの毛ガニだろう。お前なんか眼中にないわ」

「言うじゃないか若造。なら、俺様を買え！」

とは言われたものの、一瞬躊躇した。その時、毛ガニがちょっと笑ったように思えた。もちろん笑うはずはない。でも何だかバカにされたように思えたのだ。

「もう、今までの俺じゃない」

毛ガニ一つに意地になる。馬鹿げた話だが、挫折や自己嫌悪を繰り返した人生で、僕は卑屈にもなっていた。

それからスーパーへ行く度に、毛ガニが挑発する。時には毛ガニの横で折りに盛られた生ウニも僕をからかった。

「さすがに私は買えないでしょう？」

力一杯、生ウニを握りしめ買い物かごに沈めてやった。

バカみたいにカニやウニを食べていた。エンゲル係数は頂点に達する。適当で衝動的な性格は、収入が増えたというのに生活環境を変えさせはしなかった。こんな馬鹿げたことに気付くにも時間がかかった。何とも情けない。

2　蛇の道

二一歳、大学生の時に劇団を旗揚げし、二四歳で解散した。その後、二つ目の劇団を旗揚げし同じく三年後に解散した。解散の一番の理由は劇団員の意識の差であったように思う。僕はプロになるがために演劇を志していたが、当時の劇団員の多くは正社員で昼間働き、夜に稽古をするような状況だった。僕は夢を語ったが、劇団員は僕の語る夢を聞き流し現実を見ていた。そんなものだから僕と劇団員の一部には溝が出来ていった。厳しいレッスンにも劇団員は疑問を抱く。

「どうして、そこまでするのか?」

「この札幌でプロになんかなれるわけがないじゃない」

「私は思い出の一つとして芝居をやっています」

溝は広がるばかりだった。

そんなことで結局は解散という手段に至るしかなかった。一部には横暴と映っただろう。あくまでも僕の理想で物事を進めたのだから。

そんな過ちを繰り返すまいと、一九九〇年、新しい劇団OOPARTS（オーパーツ）を旗揚げした。Out Of Place ARTiSt。〝場違いなアーティスト〟と名付けた劇団の旗揚げだ。考古学の造語にOOPARTS、Out Of Place ARTifactSがある。〝場違いな加工品〟常識では解決出来ないもの。アステカ遺跡で発見された水晶で出来たドクロ像や、コロンビアの黄金で作られたスペースシャトルに似た飛行機像など、その当時の技術では不可能とされる物がこの世には多く存在する。そういう説明出来ないものがOOPARTSと呼ばれている。これをもじり、僕らも時代に迎合するのではなく、もしかしたら異端として扱われるぐらいがちょうど良いのではないだろうか、という思いで旗揚げした劇団であった。ただ志は高くとも実力が伴わない。結局はかつての劇団と同じようなジレンマに陥ってしまう。


僕は苛立っていた。ススキノに飲みに出かけても些細なことで揉め事になる。自ら喧嘩をふっかけることはなかったが、苛立ちで顔つきが悪いのだろう。よくふっかけられた。売られた喧嘩は値切らず定価のまま買い取った。

「外へ出ろ」

「おう」

仲裁者が割って入る。

「こいつホンモノだから止めとけ」

ホンモノとは、その筋の人間という意味だった。僕は怯《ひる》まない。

「ホンモノも偽物も関係ねえだろうが」

ここでも考えなしの衝動的な自分が前面に出て来てしまう。同席していた知人や友人は、相手ではなく衝動的な僕を恐れた。それは同時に破滅的にも見えたのだろう。

飲みに出ると他劇団の人間と出くわすことも多くある。こういう場合もやはり揉め事になる。随分と前から、僕の芝居では映像が使われた。タイトルやエンドロールはもちろん、芝居の一部を映像ドラマとして、舞台に投影していた。

「演劇で映像を使うなんて邪道だろう」

「そんな既成概念に捕らわれてどうするんです」

「生身の肉体で表現するのが演劇なんだよ！」

今でこそ、映像を使う芝居は珍しくない。映像を使わない芝居はほとんどないのではないかと思う。難癖はあらぬ方向へも向く。

「お前は魂をテレビに売ったのか」

何でもいちゃもんの材料になる。くだらなくて言い返すのも億劫だ。

「何とか言えよ！」

と胸倉を掴まれる。そしてそのまま外へ向かうが、大抵は誰かが仲裁に入り大事には至らない。そして言われた。

「お前みたいなのは所詮、邪道で終わるんだ」

ごもっともだ。別に正道に進もうとは思わない。そもそも地方で表現活動を行うこと自体が邪道なのだ。邪道で善し。その道をこれからも進んで行く。


舞台公演の宣伝で地元のケーブルテレビの番組に出演した。地元劇団として初のホール公演を行うことになっていた。それまでは定員二五〇名の小劇場で公演をうってきたが、七〇〇人以上入るホールでの公演。一つの挑戦であった。

僕はグレーのスーツを着込み、髪の毛も整髪剤で固めてカメラの前にいた。緊張はしていないが笑顔はない。視聴者に喧嘩を売るかの如くカメラを睨みつけていた。番組の司会者が公演内容を伝える。かつての公演のＶＴＲも放映された。深夜に放送していた自分の番組とは全く違う自分がそこにはいた。

「最後に、何かメッセージがありますか？」

という司会者の問いに、僕はゆっくりと口を開いた。

「札幌の演劇界は腐っています。才能のない輩《やから》ばかり。文句のある奴はいつでも相手になりますから」

スタジオが凍り付く。

自分の抱えていた苛立ちを怒りに代えていた。飲んだくれて怒りをぶちまけている時と同じ自分がいた。

今思うと赤面するだけでは済まされない。こんな奴が今の僕の目の前に現れたら、正座させて永遠に説教するだろう。バカだ。恥ずかしい。

こんなことだから僕は劇団内だけでなく、演劇的世界ではどんどんと嫌われ孤立していった。当時を知る人は、今でも僕のことを良く思っていないはずだ。


苦悩と葛藤。良かれと思うことが仇《あだ》になる。

僕は三〇歳になっていた。親と約束した年齢。テレビやラジオのレギュラーも持ち、やっと何とかやっていけそうな兆しはあった。無鉄砲ではあったが会社も立ち上げた。真っ暗闇だったそれまでの風景の中で、小さく僅かだが遠くに光が見えているように思えた。それなのに僕の中では不安が募った。本末転倒ではあるが、僕はどこかで演劇（劇団）には区切りを付け、違う表現を模索しなければならないと考え始めていた。

演劇をやるべく、手を広げた結果が演劇の首を絞め始めていた。二〇代、大学を中退し、友人たちが社会に順応する姿を横目に目標を果たすと誓ったのに、僕は鬼門の三〇歳を超えて揺れ動いていた。後戻りはもう出来ないが、演劇に邁進する自信は失せ始めていた。

逃げ道を探す癖がある僕は、当時、劇団よりもテレビやラジオで何を表現するかを考え始めていたように思う。そしてその比重は次第に重くなり、演劇に対する思いは萎《しぼ》んでいくのだった。

それは作品にも如実に反映された。僕の作風が変わったのだ。長編ものではなく数編のオムニバス形式の興行を打つようになる。一つの長い物語が書けなくなった。複数の物語。つまりは表現したいことがまとまらない自分がいた。

一九九二年。三〇歳。会社設立。一大転機ではあったが、僕にとっては一番まとまりのない、葛藤の時期を迎えるのだった。

3　ずっとつづけていること

翌一九九三年に僕は結婚をした。公私ともにパートナーであった彼女だ。結婚式は仏滅の日に行われた。

結婚をした年からずっと欠かさずにしていることがある。祖父母の墓参りだ。お盆や彼岸と決めているわけではない。ただ年に一度は必ず父方、母方それぞれの墓を訪れることにしている。

それまで義理を欠いてほとんど墓参りには行っていなかった。お盆の集まりなども顔を出さない。いや出せなかった。父方の祖父は僕が生まれる以前に亡くなっていたから顔も知らない。

二五歳の頃、祖母が倒れたこともあって、久しぶりの盆に顔を出した。世間から見れば大学を中退し定職にも就かずにいた僕は、世の中の落伍者に見えただろう。列席した僕に親戚は言う。

「お前、今、何をしているんだ」

「いや、別に」

「別にって何よ」

「……芝居をやっていて」

「芝居？　何だそれ。親父やお袋さんに迷惑かけてるんじゃないのか」

僕は知っているくせにと思った。知っていて親戚は訊いてくるのだ。

「お前、長男だろう。弟はちゃんと就職してちゃんとやってるんだからよ。お前もしっかりしろよ」

何も言い返せない。小さく頷くのが精一杯だった。

「ほら」

ビールを差し出してきた。

「金もなくて飲めないだろう。一杯飲んでけ」

グラスにビールが注がれる。泡ばかりのビールを僕は口に入れた。つかみ所のない泡だけが口一杯に広がる。いつもより増して苦いと思った。

奥の方では母親が俯《うつむ》いていた。他の親戚が僕のことを根掘り葉掘り母親に訊いていたのだ。母親は曖昧に笑みを作ってやり過ごそうとしているが、頭はもたれていた。何ともやりきれない思いで一杯になった。迷惑ばかりをかけ、その上、こんな席でまで暇つぶしのターゲットとして曝《さら》されてしまう。

本当に親不孝だと思った。だが、当時の僕にはどうすることも出来なかったし、夢を諦める勇気さえなかった。

こんなことがあってから親戚の寄り合いには足を運ばなくなった。それは僕だけでなく母親もそうだったらしい。体調が思わしくないとか理由をつけて母親は出席せず、父親だけが出向いていたと聞く。


結婚を機に僕は亡き祖父を考えるようになった。

祖父が眠る墓地は、北海道は空知《そらち》の新十津川《しんとつかわ》という小さな町の山腹にある。山の斜面一帯が墓地になっていて、祖父が眠る墓はその山頂にある。墓参りはちょっとした登山になる。

家族で行くこともあったが大抵は一人で行く。お盆でも彼岸でもない日曜日が多い。そんなタイミングで行くものだから田舎の墓地には人っ子一人いない。お盆前であれば、伐採されていない草がうっそうと生い茂っている。真っ昼間であっても不気味だ。ついつい挙動不審になる。なにがあるわけでもないのにキョロキョロと周りを見てしまう。風で木が揺れるだけでビクついてしまう。ある年、仕事帰りに立ち寄った時はすでに夕刻で陽が随分と低くなっていた。墓のある頂上に到着した時にはすでに陽は山の稜線に接触していた。急に辺りは薄暗くなった。早々にお参りをすませると一気に駆け下りて下山した。自分でも驚くほど臆病者だとこの時に知った。

こんなことは一度だけで、普通は花を手向け、線香を上げて暫くその場にいる。そこで一度も話したことのない祖父と会話するのだ。もちろん祖父が現れるわけではないし、恐山《おそれざん》のイタコのような能力があるわけではない。一方的な空想での会話だ。

「おじいちゃん、ご無沙汰しています。何とか元気にやっています」

遺影でしか見たことのない爺さんは、ピカピカの頭を撫でながら笑う。

「おう、そうか」

「いろいろありますが、今が踏ん張り時だと思うので」

「そうだな」

「頑張っていれば、いつかは報われると思うので」

「うん、そうだ」

爺さんは相づちしか打たない。それでも僕は満足だ。心のうちに秘めた誰にも言えないことを爺さんに聞いてもらう。

「もう何もかもが嫌になって全部投げ出してしまおうかと考えたり」

「そうか」

「自分のバカさ加減に嫌気がさします」

「そうだな」

何の解決策も爺さんは与えてくれない。でも爺さんにすべてを吐き出すことで僕は救われる。

山頂から見る景色はどこまでも田園が続いている。この景色を作った一人が爺さんなのかもしれない。そしてこの会ったこともない爺さんがいたからこそ、今の自分があるのだ。

「おじいちゃん、じゃあ、また来るね」

「おう、そうか」

僕はもう一度、墓に向かって手を合わせてから山を下りる。

無神論者であり、占いなんてものも一切信じない。だが仕事上で出会った占い師に気持ち悪いくらい頻繁に言われた。〝大器晩成〟と〝守護神が強い〟。

「強い力を持った先祖が守ってくれている」

と言われる。もしかしたら、爺さんがそうなのかもしれないと思っている。多くは知らないが農業と馬喰《ばくろう》で生計を立てていた爺さんは、戦前までこの墓場から見える土地一帯を持つ大地主で豪傑だったそうだ。その血が僕の中にも流れている。

母方の祖父母の墓は空知川のほとりにある赤平《あかびら》という町の霊園にある。赤平は僕の生まれた町でもある。祖父は僕が高校一年生の時、祖母は浪人生の時にそれぞれ亡くなった。

祖母はとても明るく活発な人だった。若い頃からのど自慢など人前に出るのが好きだったと聞く。その反対に祖父はもの静かで、いつも黙って酒を飲んでいた。ある意味、僕はこの二人の血を見事に受け継いだのかもしれない。

祖父は散歩好きで、僕を引き連れよく散歩に出かけた。

「おう、散歩に行くか」

「うん」

会話はこれだけだ。祖父はゆっくりと歩き続ける。幼い僕はその祖父を小さな歩幅で一生懸命追いかける。話もしなければ、手をつないでくれるわけでもない。途中で花の名を教えてくれたり、トンボを捕まえてくれたりすることもない。ただただ歩きつづける。それを僕が少し離れて追いかける。それだけのことだ。だが、そんな散歩が僕は好きだった。いつも言われた。

「おう、散歩に行くか」

その言葉に僕は

「うん」

と答える。

綺麗に区画整理された霊園は赤平の町を一望出来る。正面には炭坑の名残であるズリ山が見える。僕はライターで線香に火を点けた。

「もう、散歩は出来なくなっちゃったね」

爺さんの優しい笑顔が思い出される。


結婚したことで僕の中で変化が起き始めていた。それまでは正直、墓参りに行こうという考えすら持たなかった。それは余裕がなかったせいもある。結婚したことにより、少しだけ自分の立ち位置を客観視する余裕が出来たのだろう。自分一人ではない。両親はもちろんだが、脈々と受け継いで来た血が僕の中に流れている。

父方の祖父の豪快さ、母方の祖父の寡黙なところ、そして祖母の出たがりな性格。それらが相まって僕を形成しているように思われる。

晴れた日の午後、僕はバイクを飛ばして墓参りに行く。年に一回だが、爺さんや婆さんに愚痴を聞いてもらう。何も答えてはくれないけれど、祖父母は、僕を優しく迎えてくれる。

4 何でもありの深夜放送

深夜放送でメインパーソナリティを務める一方で、他のテレビ局から声が掛かった。北海道テレビ『モザイクな夜』、後に『水曜どうでしょう』へと繋がっていく番組だ。スタート当時の番組は男性局アナと女性アシスタントによるトークバラエティだった。いろいろな分野のゲストを招いてスタジオトークが展開される。その合間に面白VTR企画が放送された。基本的にはバカバカしい企画である。番組が放送開始になりその途中から僕は企画担当者として番組に参加した。当初、出演者としての参加でなかったのは、僕はまだ他局の番組に出演していたからだ。当時の札幌ではどこか一つの放送局に出演していたら、他の局には出てはならぬという暗黙のルールがあった。だから僕が北海道テレビに出演したのは、他局の番組が終了した後のことだった。

はじめのうちは男性アナウンサーと僕とのスタジオトーク番組だった。毎回、有名ミュージシャンや俳優、芸術家などを招いて番組は進行した。その形態は約一年続いたが一九九五年、番組は大きな変貌を遂げる。番組名も『モザイクな夜V3』となり、制作ディレクターたちも一部が入れ替わり番組のスタイルも一気に変貌した。チーフディレクターにS山氏、そしてディレクターには東京支社から制作部に配属されたF村氏が参加した。アルファベットにするまでもないがF村ディレクターとは後に『水曜どうでしょう』を立ち上げることになる。

番組は「思いついたら何でもやってみよう」という適当なコンセプトのもと、スタッフの一人でも面白いと思えば実行するというとんでもない番組だった。つまりはどんな企画でも通るのだ。何せ月曜日から木曜日まで、三〇分とはいえ週四日間も放送がある。とにかくVTRを回さないと間に合わないのだ。

「コサック隊が行く」という企画があった。至る所にコサックダンスを踊る一団が現れるというものだ。意味はない。ただただシュールなだけだ。踊っていたのは当時の僕の劇団の劇団員たち。札幌市内の有名観光地などに出現したのだが、何を思ったかススキノの交番にコサック隊を突入させてしまった。もちろんアポ無しだ。アポなど取れるはずがない。多分、担当ディレクターは交番の前で一盛り上がりしてロケを切り上げるつもりだったに違いない。場所が場所だけに注意されるのはある程度の覚悟だっただろう。だが何を思ったのか劇団員の一人が交番の中に入ってしまった。それにつられ他のメンバーも交番の中へ突入した。そこでコサックダンスを踊ったのだった。交番には数名の警察官がいた。今であればとんでもないことだろう。でも、その模様は一部始終オンエアされた。

後日、関係者が警察より連絡を受け、始末書を提出することになったと聞く。確かに交番の中まで行くというのはさすがにやり過ぎだ。だが、無知で無鉄砲な勢いだけはあった。まだまだ、そんなことが許された。いや、始末書を提出したのだから許されなかったのだろうが、大らかな時代ではあったと思う。

番組のほとんどの企画に出演していたのが当時の劇団員だった。中にススキノの飲食店や風俗店を紹介するコーナーがあり、そのレポーターを〝元気君〟と番組では呼んでいた。その〝元気君〟が上京することになった。役者を目指し東京へ行くというのだ。もちろん僕の劇団にいた奴だ。彼は札幌で役者をやっていくことに見切りをつけ、本格的にやれる東京を選択した。正直僕は失望した。自分の身内が札幌でやっていくことではなく東京を選んだのだから。

番組のキャストに穴があく。他にも劇団員はいたが、その多くは職を持っており、イレギュラーで入るロケに対応出来る人物はいなかった。新しい人材を見つけなければならない。

そこで白羽の矢（果たして白羽だったのかは疑問）が立ったのが当時大学生であったO泉洋だった。彼は大学の演劇研究会と社会人劇団の二つに所属していた。彼の芝居を見た僕の劇団の一人が言った。

「変な奴がいる」

それを聞いた妻であり会社の副社長が直接、O泉洋に会いテレビ出演の交渉をした。これがきっかけでO泉洋は〝二代目元気君〟という名でテレビに出演することになる。華々しいデビューとは対極の地味なローカル番組でのどうしようもないコーナーレポーターとしてデビューをした。

テレビ画面に出た彼の姿は、ももひきに黒いとっくりのセーター。しかも胸元はハートマークに切り取られ乳首が露出している。何を目的にそういう衣装になったのかは知らないが、何とも奇怪な男が画面に映っていた。しかも彼はろくにカメラも見ずおどおどした人物を演じていた。それが彼の意図だったのだが、視聴者やスタッフには理解されなかった。もちろん僕もその一人だった。仕舞いにはカメラマンに「ちゃんとやれ！」と叱咤されたとも聞く。彼はハートマークに切り取られた胸部、乳首を目に見立てて「ET」というギャグを口にした。しかし今の彼からは想像出来ない程、切れ味の悪いものであった。

報道番組をパロディにした「スプーク」という企画は、どうでもよいホラ話を真面目にニュースの様に展開していくというシュールなものだった。毎回「驚くようなゲストが電話で生出演！」というコーナーがあった。スタジオからの呼びかけに実在しない生物や故人が答えるというものだった。もちろん嘘で、その声の主はＦ村ディレクターだった。キャスター役の僕が呼びかける。

「今回も素晴らしいゲストの方と電話が繋がっています。早速、呼んでみましょう。もしもし」

「……はいはい」

「あのう……雪男さんですか？」

「……はいそうですけど」

「え？今、何をしていらっしゃったんでしょうか」

「えーと、……ちょっと飲んでました」

「飲んでた？　あの、ちなみに何をお飲みになっていたんですか？」

「焼酎だね」

「焼酎……あの、失礼ですけど、雪男さんとお呼びしてよろしいんでしょうか？」

「いや、名前は佐藤ですけど」

「えっ！」

「あっ」

ガチャ。

「あっ！雪男さん！」

ツーツーツーツー……。

シュールと呼べば体裁が整うのであろうが、どうでもいい話だった。くだらない企画ばかりだった。番組出演者やディレクター陣総出で朝まで生テレビのパロディでオナニー討論をやったりもした。それぞれのオナニーについてのこだわりを言い討論するものだった。これまたどうでもいい。

他にも棒状のアイスを手を使わずに女性に早食いしてもらう「おしゃぶりの女王選手権」。これは直接的に卑猥な行為を連想させた。

低俗極まりない番組は若者に支持されつつ批判の的にもなっていく。調子に乗った我々は結局、番組の終了という結末を受け入れなければならなくなる。

無知であるがための失敗。それの連続だったように思う。もう番組を見返すことはないが、今見たら赤面どころではないだろう。思い出したくもない過去である。だが、この無謀さがあってこそ、その後に繋がっていったのだと思う。

幾多の失敗を重ねはしたが、これがあったからこそO泉洋と出会い、F村ディレクター、そして『水曜どうでしょう』のもう一人のディレクターU野氏と出会うことになる。

また、この番組のチーフディレクターであったS山氏とは、その後『ドラバラ鈴井の巣』という番組を立ち上げることになる。ドラマのオマケであるメイキング映像を主軸にしたバラエティだ。メイキングを撮影したいがためにドラマを作る。本末転倒な番組だった。「雅楽戦隊ホワイトストーンズ」や「マッスルボディは傷つかない」「山田家の人々」などのマニア向けの作品を生んでゆく。

馬鹿げた内容ではあったが、弊社（株式会社クリエイティブオフィスキュー）所属タレントの多くは舞台俳優であり、演ずる場を求めていた。演技自体はデフォルメされたリアルなものではなかったがドラマや映画出演経験がほとんどない我々にとっては俳優的な仕事が出来る唯一の場であった。連日夜遅く早朝までの撮影が続いたが充実していたように思う。

それらはすべてこの『モザイクな夜』という低俗番組があったからだ。成功だけが人を成長させるのではない。数々の失敗、挫折こそが実は肥沃な土壌を作っていたりする。

失敗の渦中にいる時は、自分の成長には気がつかない。それよりも失敗した自分に失望していることだろう。もちろん失敗を望む人はいない。でも一番大切なのは成功することよりも、失敗しそれを乗り越える力、そしてその経験なのだと思う。譬《たと》えが悪いが、交通事故を起こしたことのない人は自分の運転を過信し、少しずつアクセルを踏む角度が深くなる。しかし、ちょっとした接触事故を起こしたならば、二度と事故らないよう車間距離をしっかり保ち、アクセルよりもブレーキに注意が向くようになる。だから事故は起きない。と書いておきながら僕は一度たりとも小さな接触事故も起こしたことはない。譬《たと》えに説得力がなかった。

自分を正当化するためにも小さな過《あやま》ちは多く経験しておくべきだと思う。

「ごめんなさい」

で許してもらえるなら、それは経験しておいた方が良い。もちろん同じ過ちを二度と犯さないためにだ。こうでも思わないと僕は生きていけない。僕の過去は数々の過ちでびっしりなのだから。

5『水曜どうでしょう』

芸術家の岡本太郎さん、天才漫才師の横山やすしさんが死去した。村山富市内閣が退陣し橋本龍太郎内閣が発足した一九九六年。アメリカアトランタで開催されたオリンピックでは、女子マラソン競技で有森裕子選手が銅メダルを獲得した。レース後の言葉「自分で自分を誉めたい」が流行語になった。僕には言えない言葉だ。

SPEEDが『Body & Soul』、PUFFYが『アジアの純真』でデビューし、スパイス・ガールズの『Wannabe』は世界三七ヶ国でナンバーワンを獲得した。

この年の秋、北海道で一つのテレビ番組が誕生する。『水曜どうでしょう』である。月曜日から木曜日まで毎週四日間『モザイクな夜V3』という番組が放送されていたが、その番組終了に伴い、水曜日の深夜に新しい番組を立ち上げることとなった。北海道テレビのF村忠寿ディレクターとU野正雅ディレクター、企画出演として僕。さらにはF村ディレクターの熱烈なラブコールによりO泉洋が出演者として名を連ねた。

スタートするにあたり、多分半年で終わってしまう番組であろうと周囲からは思われていたし、実際に我々もそう思っていた。だから打ち合わせの席で合意したのは

「どうせ短命な番組なんだから、好きにやろうぜ」

ということだったと記憶している。

番組名は単に『水曜ロードショー』という映画番組があり、それをもじったものに過ぎない。言い出しっぺは僕だが、単なる思いつきで深い意味は全くない。F村ディレクターは『花と筋肉』という番組名を提案した。これまた五十歩百歩だろう。

今でこそ全国各地で放送され、それなりに認知されたが、全く何の期待もされずに始まった番組だった。であるから出演者二人とスタッフ二人が楽しめれば他は何も求めない。誰もが半年で終わってしまう番組と考えていたから、まともな目標も掲げなかった。結果的にはそれが良かったのだろう。〝無欲〟そんな番組だった。

ある意味、非常識だったと思う。曲がりなりにも仕事だ。ビジネスだ。ビジネスの世界で結果を求められない、期待されない、放ったらかしなんてことはあり得ない状況だ。でも『水曜どうでしょう』という番組には、そういう野放しな環境が与えられたのだった。この番組の長所は良く言えば〝型破り〟なのだが、それを狙ったわけではない。ただただ〝非常識〟だったから成功したのだと思う。

出演者であるO泉洋は、企画内容を全く教えられない。ましてやパスポートをテレビ

局に取り上げられ、いきなり海外へと連れ出されることもある。気楽に北海道内でのロケだと思い込み、ジャージ姿で来たらそのまま外国へと連れ出されたこともあった。

「おい引き返してくれよ。俺は日本出るとは言ってきてねえんだよ親に」

唇を尖らせて抗議する○泉の横で僕は爆笑する。

「おいダメだよ、そりゃあ」

車のシートにのけぞり叫ぶ。

「日本出るのはマズいよ」

彼がごねればごねるほど、番組が盛り上がる。

ここまでならまだ似たような番組もあるだろう。タレントには何も告げずにドッキリ企画として番組は進んでいく。テレビ局と事務所が結託してのことだ。大抵の場合は、入念なスケジュール管理の下に行われる。だから、タレント自身はいつどこで何をするのか知らなくとも、事務所は行程を掌握している。自社所属のタレントがいつどこにいるのか分からない、なんていう無責任なことは出来ない。当たり前の話だ。

だが〝非常識〟極まりない『水曜どうでしょう』の場合は違う。いつどこにいるのか分からないのだ。

「うちのタレントはどこにいるのですか？」

「分かりません」

「分からないってどういうことです」

「成り行きでの展開ですから、何日にどこにいるとかは分からないんです。宿泊先も現地で決めますので、事前には分かりません」

「連絡は取れないんですか？」

「向こうから連絡があれば」

「え？じゃあ、こちらからは連絡が出来ないんですか？」

「どこにいるのか分かりませんから」

「緊急時は？」

「いやあ、申し訳ありません」

「そんな危険なロケにうちのタレントは出せませんよ」

となるのが関の山だ。根本的に擬似的演出ではやれても、本当に先が決まっていないロケというのはバラエティ番組では成立しないだろう。それはもうドキュメンタリーになってしまう。

しかし『水曜どうでしょう』の場合、所属タレントはその会社の責任者が同行する。会社の社長が現場にいるのだから、所在や責任が明確になる。このことが他の番組と大きく異なる点であり、一般的に見れば〝非常識〟な番組が成立し得た理由だろう。

海外ロケも多く行われた。今まで訪れた国は二九ヶ国。南米とアフリカは行っていないが、主要な国は大抵足を運んだ。我々は冒険家ではない。だが企画の多くは冒険の要素が詰め込まれていた。〝オーストラリア大陸縦断〟、〝アメリカ大陸横断〟、〝原付ベトナム縦断一八〇〇キロ〟を代表に、数々の挑戦をものにしてきた。

中でも個人的に嫌だったのは、カナダのユーコン川をカヌーで一六〇キロ下るという企画だ。これは別の企画の罰ゲームとして行われたのだが、とにかく嫌で嫌でたまらなかった。僕はカナヅチだ。海や川は泳げない者にとっては恐ろしくてたまらない。小学生の頃は病弱な子供で入退院を繰り返していた。だから学校でのプール授業はいつも見学で、泳ぎを覚えるタイミングを逸してしまった。運悪く中学生の時、僕が泳げないことを知らない人間が僕をプールに落とした。僕は溺れた。それ以来、もう水がだめになってしまった。そんな人間が世界有数の大河を下るなんて、考えただけで立ちくらみがしてしまう。

さらにはキャンプが嫌いだ。テントで野宿するなど信じられない。大自然豊かな北海道で生まれ育ったのだから、野性味溢れる世界を好むと思われがちだがヤワな人間なのだ。しっかりと湯船につかり、ふかふかのベッドでなければ眠れない。砂や土が降りかかったのにシャワーを浴びることも出来ず、蚊やハエだけならまだしも熊や鹿を気にしながらなんて眠れやしない。一日二日ならまだ我慢も出来ようが、六日間も自然の中に放り込まれるなんて考えられないことなのだ。共演者であるO泉洋もアウトドアは嫌いだった。

この企画をやるに際し、随分と僕は反対した。だがF村ディレクターは言った。

「ユーコン川をカヌーで下るのが、ずっと俺の夢だったんだ」

彼の夢を叶えるため、こっちは命をかけなければならない。

彼はアウトドア大好き人間だ。半ば彼のゴリ押しで企画は決まってしまった。ただ、これもある種、番組の〝非常識〟的色合いが出る要素でもある。アウトドアが嫌いな人間をジャングルや海、川に放り出す。当然、嫌々やらされることにボヤく。一見口論のようだが、そのやり取りが面白可笑しく見えるのだから。

出発地であるカナダの町ホワイトホース。そこで見たユーコン川の流れは想像以上に早くF村ディレクターは言った。

「流れが早いな」

「え?」

思わず僕は聞き返した。

「時速一〇キロぐらいでしょうか」

現地のガイドが言った。

「ええ!一〇キロ⁉ ちょっとヤバいでしょう」

「ハハハハ、もう来ちゃったから」

全く悪びれた様子もなくF村ディレクターはそう答えた。良く言えばおおらかで、悪く言えば下調べ不足の〝非常識〟なのだ。番組スタート当初は、このような状況に腹が立つこともあった。が、このような隙間だらけのロケだからこそ、思わぬハプニングが起こるのだ。


ヨーロッパに行った時もそうだった。成田空港でマネーチェンジを勧めたが、現地のレートがいいからと事前に換金はしなかった。

フランスのシャルル・ド・ゴール空港に到着すると両替所はすべて時間外で閉まっていた。

「サービスエリアにも両替所はあるから、そこへ行けば大丈夫ですよ」

とF村ディレクターは言った。

だが、その日は日曜日でサービスエリアの両替所も閉まっていた。

「ハハハハ、円ならタップリあるんだけどなあ」

何の気休めにもならない。異国に降り立ち、現金のない僕らはジュースの一つも買えない。いろいろと考えた末、クレジットカードでキャッシングをすれば現金が手に入るのではないかと僕は提案した。街角にあったATMにカードを入れる。いくつかのボタンを押すと、何枚かのルーブルが出て来た。このお金で僕らはジュースを買い、渇いた喉を潤した。

普通は用意周到になる。海外であれば尚更。テレビ番組を作るなら尚更のはずだ。それなのに、この番組は穴だらけ。誰かがその穴に落ちてしまう。それを視聴者は、時にはハラハラし時には爆笑しながらテレビ画面で見る。

いつのころからか僕はこの番組をテレビとは思えなくなっていた。それは悪い意味ではない。自ら仕掛けていくのではなく、何かが自然と起こる。この番組はそういうものなのだと思うようになった。だからテレビであることを忘れ、カメラの前から姿を消してしまうこともあった。もう僕にとってはドキュメンタリーなのだから仕方がない。

〝非常識〟であることから生まれたことは多分、真似しようとしても無理だろう。この番組にしかない持ち味であるのだから。

当初はいろいろと言っていた僕さえもいつしか「いいんじゃない」と適当に相づちを打つようになっていく。

「あ、別にいいと思います」

「いいんじゃないですか」

「ロケより宿」

緩やかで〝非常識〟な考え方は僕にまで伝染してしまった。

そういえばユーコン川の企画に行く際、僕は自宅の机の上に手紙を置いて来た。万が一のため、妻と娘に向けた手紙だった。今ではもう笑い話だが、それぐらい〝非常識〟なロケをするのは覚悟の上だった。

人間慣れは怖い。今なら大気圏外に行くと言われても、置き手紙はしないだろう。

6　演劇との決別

「本当にいいのか？」

「ああ、もう決めたことだし」

「未練があるんじゃないのか？」

「どうだろう？」

「ほら、未練たらたらだ」

稽古帰りの道。僕に並んで自己嫌悪が訊いてきた。

「本当に劇団をやめるんだ」

「劇団じゃないよ。演劇そのものをやめるんだ」

「本心とは思えないな」

「いや、これでいいんだよ」

僕は足取りを早める。

「なあ」

自己嫌悪の声が遠い。立ち止まり振り返ると自己嫌悪は横断歩道を挟んだ対岸にいたままだった。

「本当にいいんだな?」

「ああ」

小さ過ぎて対岸の自己嫌悪には届いていないようだった。もう一度言った。

「いいんだ」

僕の声を聞いて、自己嫌悪は何も言わず踵《きびす》を返して歩いて行った。

一九九八年二月一一日。結成から八年。それまでやってきた劇団を解散した。それは単に劇団の解散ということには留まらず、一五年間やり続けてきた演劇活動に終止符を打つことでもあった。

すべての情熱を注いできた演劇をやめることは、今までの自分を否定することにも匹敵する。それでも決断しなければならなかった。芝居をやめなければ前には進めないと思った。

地方でプロの劇団を作るというのは並大抵のことではない。若かりし頃は、その目標が前のめりになり、打ち当たる数々の現実をも跳ね返すだけの〝無知パワー〟が若さとともに存在していた。しかし経験を重ねるごとに知識が増え、その知識は現実を客観視させるだけの能力をも育てた。地方では先駆者がいない。どのような道筋を立てて目標に辿り着けばいいのかが分からない。かといって東京の模倣をしたところで、環境が全く違う北海道では通用しない。自分なりの考え、方法を持ち得なければ叶わないのだ。

その点は試行錯誤ばかりだったがいろいろと考えた。上質の作品を作ることに挑んだのはもちろんであるが、多くの方々に認知してもらうため、PR活動も昔から積極的に行っていた。テレビやラジオのメディアに出る前でも、路上パフォーマンスや大学の学園祭で寸劇を行ったり、いろいろなイベントに参加したりと劇場の外での活動にも力を入れた。それらの活動が結果として僕らをテレビやラジオといったメディアに引き上げた。ただ、これは一部の劇団員がそうなっただけだった。劇団そのものが認められたのではない。劇団の中にいる個性的な人物たちに向けられた明かりで、劇団にではなかったのだ。

劇団内に広がった意識の差。それが劇団解散の一番の理由だったように思う。メディアに出て行く劇団員とそうではないメンバー。誰もがなれるのであればプロの役者になりたいとは思っていた。しかし、そのような事例はないし実際には自分たちの興行の場しか役者として表現する場はない。東京のように多くの舞台が行われてはいないし、テレビドラマも地方では年に一度撮影されればいい方だ。しかも大抵は東京から俳優を連れて来ての撮影。出演出来たとしても台詞が一つ二つしかないちょい役に過ぎない。北海道で撮影される映画でもエキストラとしての出演ぐらいしかやらせてもらえない。

一九九六年に大映製作で『ガメラ2 ～レギオン襲来』が札幌で撮影された。金子修介監督の意向で地元の俳優を多くキャスティングしたいとの申し出があった。まだまだ小さな会社にすぎない弊社に北海道の俳優のキャスティング依頼があった。我々の劇団を中心に、いくつかの地元劇団、大学の演劇部などに声をかけオーディションを行った。オーディションは当時の我々の稽古場。後にベトナム料理店となった木造二階建ての建物で行われた。監督、助監督、プロデューサーの三人が審査員となった。

その結果、十数名の北海道俳優が『ガメラ2 ～レギオン襲来』に出演した。僕は札幌市市役所の職員で、広報車から呼びかけ市民に避難を促す役だった。ワンシーンのみの出演だ。TEAM NACS（チームナックス）のY田顕は自衛隊員の役で、タイトル直後に駐屯地の廊下を走りながら「隕石落下地点は支笏湖の南西、約一キロの地点。化学小隊に出動要請」と叫んでいる。ワンショットはあるものの、そのワンシーンのみの出演。O泉洋にいたっては、地下鉄の乗客で、怪獣に殺される役。台詞もない。かろうじてアップのカットがあるが一瞬だ。しかも僕のミスでエンドロールに名前すら出ていない。出演者一覧表にO泉洋の名前だけ記載するのを忘れてしまった。

後日、映画が公開になると、当時大学生だったO泉洋は演劇研究会の後輩を連れて映画館へと出向いた。しかし、出演シーンも薄暗くはっきりせず、エンドロールにも名前がないことから、後輩たちには「〇泉さん、本当に映画に出たんですか」と随分と疑われたらしい。

当時は本当に貴重な経験をさせてもらったが、撮影は一日で終わる。無名の劇団員だから仕方がない。ただ東京とかであれば、エキストラでもチャンスは沢山あるだろう。だが地方になれば、このような大掛かりな映画は二〜三年に一度。二時間ドラマや地方制作のドラマでも年に一度程度の機会しかない。

舞台公演といっても年に三回行えば多い方で、しかも一度の公演は五公演。大きな会場で行った場合など初日の次が中日《なかび》で、その後すぐ千秋楽と三回で終わることもあった。つまり一年のうち一〇日前後しか舞台に立たない。三六五日のうちの一〇日だ。ドラマなんて三六五分の一でしかない。当然収入も生活する域には遠く及ばない。このような現状の中でプロを目指すということ自体がナンセンスなのだ。到底無理な話なのだ。

一部の劇団員ははっきりと言った。

「プロになんかなれるわけがない」

「あくまでも演劇は趣味です」

「思い出作りかな」

これが現実だ。そういった劇団員たちの方がまともだと思う。だから彼ら彼女らは演劇とは別の人生設計をし定職に就いていた。定職に就いている人間は、勤務を終えた七時過ぎに稽古場にやって来る。有給休暇を使い本番を迎える。テレビの仕事が入っても普段の仕事があるから、レポーターやラジオパーソナリティの仕事はできない。端から割り切って劇団活動をするしかないのである。となると会社の仕事も重要になり、演劇は決して中心にはなかったりする。

一方、僕らは定職にも就かず演劇を中心に生きていた。その延長線上にテレビ出演の仕事が入る。演劇と媒体は違っても表現出来る場であった。そこで表現するとは何かという意識が膨らんでいく。いや自らそうしたのだ。それは僕たちも分かっていた。この地方都市で芝居だけで食っていけることなんて夢の夢であることを。僕が言っていることの方が非現実的なのだ。

「札幌でプロになんてなれるわけはない」

絶対に考えたくないことだった。二〇代に多くの同志が俳優を目指して上京した。僕もそのつもりだったが、ただただタイミングを逃してしまった。いや、本当のところは勇気がなかったのかもしれない。いざという時に怖じ気づいた。そんな自分を受け入れたくはなかった。だから舞台とは違っても僕はテレビやラジオにのめり込んでいった。そこにはプロとしての現場があったからだ。

テレビやラジオでの仕事が加速し、それなりの給与も貰いプロとして認められるようになった。それは俳優ではなくタレントとしてではあるが。そうなると自分に対しての疑問がますます大きくなる。マスメディアではプロになっているのに、本来、プロを目指していた劇団は相変わらずアマチュア集団に過ぎない。軌道に乗り始めた『水曜どうでしょう』をはじめ、他にも情報番組の企画や台本書きなど放送作家の現場は幅を広げていた。そこでの仕事に集中した。ままならない劇団の実情を忘れようと。

月日が流れても現状は変わらない。いや、溝は深まるばかりであったように思えた。僕は一つの決断に迫られた。それは素人集団の域を越えられない劇団を解散することだ。そして、活動の場を失う僕には演劇を続けていく意味が見出せなかった。僕にとって演劇イコール劇団であり、個人の俳優としての成功ではなく劇団という集団での成功しか考えていなかった。だから、劇団をやめるということは俳優の道も閉ざすことでしかなった。どうでもいいようなこだわりが僕にはある。他人から見たら「どうして?」と思われてしまう。仕方がない、こういう不器用で極端なのが僕自身でもあるのだから。そんな自分を肯定はしていない、でも、どこか否定しきれない。

かつての僕はとにかく毒舌で自尊心が強かった。一言で言うと「もの凄く生意気な奴」だった。新聞や情報誌のインタビューでも実際の自分を棚上げして、随分と大きな口を叩いていた。

地元のケーブルテレビに出演した時は
「僕らは武闘派劇団ですから、文句がある奴はいつでもかかって来いって感じですかね」

と意味不明なことを口走っていたりした。もうメチャクチャだった。そんなものだから情報誌などでも言わなくてもよいことを言っていたようだ。ある時、情報誌のインタビューで「今の大学の演劇部は全然だめですね」みたいなことを言い、それが掲載された。人の事をとやかく言える立場じゃない。その記事を読んで憤慨した男がいた。後のTEAM NACSリーダーM崎博之だ。彼はその記事を見て「いつかこの男を見返してやる」と思ったそうだ。今、充分に見返されている。申し訳ない。

ただ、こんな発言の裏にはままならない現実への苛立ちがあったように思う。反感を買っても自分を鼓舞しなければならないと考えていた。

一九九八年二月一一日。最終公演を最後に〝完全消滅〟と宣言し劇団OOPARTSは解散した。満月の夜だった。

舞台上で僕が言った台詞の中に
「今日は満月か。月ってやつはさ、その美しさとは裏腹に、絶対に後ろ姿を見せない。

俺たちが見ているのは表だけなんだ」

というのがあった。

僕は周りに発展的解散だと言っていた。僕は次に〝映像〟がやりたい。そのための解散だと言っていた。本当の理由は公言していなかった。そんな思いが後ろ姿を見せない月に譬《たと》えられていた。

さらにこう続けた。

「今こうして見ている月は、もう二度と同じものは見られないんだ」

劇団、そして舞台人である自分を譬《たと》えたものだろう。

満月は、ゆっくりと日にちをかけて満ちたものだ。しかし、その満月は、後は欠けてゆくしかない。

二〇歳から始めた演劇。せめて、その解散時が満月であると思いたかったのだろう。

その時、僕は三五歳だった。

最終舞台で僕は意味不明のギャグを言った。腕に力コブを作りリズミカルに
「ハッスルマッスル筋肉も〜りもり！　ハッスルマッスル筋肉も〜りもり！」

と連呼するものだった。言い切った後、舞台上にいた最後の劇団員となるY田顕に、

「忘れ形見だ。このギャグをお前にやる！」

と無理矢理託した。もちろんY田は眉間に皺を寄せ、理解不能という表情をしてみせ

た。その後、彼の舞台を見続けているが、そのギャグをやっているところを見たことはない。迷惑だったのだろう。ただ、しばらくして北海道テレビで『ドラバラ鈴井の素』という番組がスタートする。これは先にも書いたがドラマのメイキング部分をメインにしたバラエティ番組であるのだが、奇想天外なドラマも制作した。そのドラマの脚本をY田が担当する回があった。それは高校の弱小ボディビル部を舞台にした青春ストーリーでタイトルが「マッスルボディは傷つかない」であった。あの最後のギャグ「ハッスルマッスル筋肉も～りもり！」から作り上げてくれたのなら、その後もちゃんと生き続けていたのだ。だが違うかもしれない。全く関係ないというのが真実なのかも。それを知るのが怖いのでY田本人にこのことは訊いていない。

OOPARTSが解散した翌月。実力人気とも急成長していた劇団が、それまでの小劇場を飛び出し初のホール公演を成功させた。TEAM NACSである。まさに世代交代が繰り広げられていったのだった。TEAM NACSについては後程、詳しく語りたい。

7 映画監督になってしまう

劇団をやめた僕の目標は映像を作ることだった。一一歳の頃から遊びで八ミリ映画を撮り、中学生の時には映画クラブを立ち上げ映画制作に明け暮れていた。その頃からいずれは映像を作る仕事をしたいと夢見ていた。しかし、ひょんなことから劇団に入り、そのままずっと表に出る仕事をしてきた。

舞台から足を洗いタレントという肩書きしかない自分が嫌だった。今までは演劇人、舞台役者、舞台演出家という肩書きがあったのだがそれらがなくなるとただのタレントでしかない。そんな実情から早く脱したい。小さなプライドが背中をつつく。

ただし、具体的な計画は何もなかった。タレントとしての生活は嫌いではないが物足りない。何かを作りたい。そういう欲求に強くかられていた。

「あのさ」

自宅で僕は家内にある提案をした。

「五〇〇万円ぐらい貸してもらえないだろうか」

「え？」

「いや、三〇〇万円でもいい」

「三〇〇万円？」

「……うん」

「何に使うの？」

「映像作品を作ろうかと思うんだ」

「映像作品？」

「ビデオ作品。僕が回して編集も自分でやろうと思う。出演はうちのタレントたちに頼む。あまり予算をかけずに作ろうと思っている」

「何を作るの？」

「昔やった芝居をさ」

かつて舞台でやった『man-hole』という芝居の映像化を上演当時から考えていた。上演当初サブタイトルとして〝1st version〟、〝2nd version〟と銘打っていた。それが〝3rd〟は映像でやるという当初からの目論みがあったからだ。

「三〇〇万円で作れるの？」

「そんなものだと思う」

「そんなもの？　予算立てとかしてないの？」

「だいたいで」

「作った作品はどうするの？」

「どうするのって？」

「テレビで流してもらうの？」

「いやあ、それは難しいかも」

「じゃあ、どうするの？」

「それは」

何も考えていないことがバレた。呆れられるかと思ったが家内は静かに言った。

「せっかくだから、ちゃんとやったら」

口調は優しかったが言葉は重く僕にのしかかった。劇団解散後、単なるタレントでしかなくなった僕は焦っていた。次の展開を早く行わなければならないと考えていた。同時に苛立ってもいた。それを一番気にしていたのは、元々劇団の一員でもあり会社の副社長でもあり妻でもある彼女だった。アマチュアから脱せなかった劇団をやめたのに、また同じように素人考えで新しいことを始めようとする僕にもしかしたら腹をたてていたのかもしれない。穏やかな口調で言った。

「せっかくだから、ちゃんとやったら」

という言葉には、同じ過ちを繰り返すなという強いメッセージが含まれていたように思う。

「いろんな人に相談してみたらいいじゃない。中途半端なことをしたって意味がないよ。やるならちゃんとした作品を作るべき」

その言葉がきっかけとなった。北海道内の放送局や企業、いろんな人に相談を持ちかけた。予想以上の反応が返ってきた。いつしか三〇〇万円で作ろうとしたビデオ作品はどんどんと膨らみ、映画を作ろうという大きな話になっていく。

「映画を作るのが夢だったんです」

「本編ですか！　いいじゃないですか」

「北海道で映画を？　凄いじゃないですか！」

家内の一言がきっかけで僕は映画監督への道を歩むこととなる。一一歳の時に遊びで始めた映画制作。子供心に将来、映画を作る人になりたいと思っていた。それが四半世紀の時を経て現実のものとなる。それは決して僕の強い思いゆえに叶ったわけではない。

僕自身を支えてくれていた多くの人々の尽力があってのものだ。その中心には妻がいた。夢は個人の強い思いで叶うものではないのかもしれない。沢山の人に語りかけ、多くの仲間を作ることで実現する。少なくとも僕はそう思っている。決して自分だけの力ではない。

夢が叶う。僕は浮かれていた。だがその思いは意外な現実で打ち砕かれることになるのだった。

先にも書いたように、かつて芝居で上演した作品を映画化したいと考えていた。作品名は『man-hole』。しかしながら、その原案に多くのスタッフから物言いが付いたのだ。芝居では、人質を見殺しにした警察官、自らの過失で息子を死に至らしめた自衛官。精神障害を起こした人々が製薬会社の陰謀に巻き込まれるという物語だ。それが良くないというのだ。

「面白いとは思います。でもね……鈴井さんのイメージじゃないと思うんです」

予想だにしなかった言葉だった。

「今、『水曜どうでしょう』のミスターってイメージが定着している中で、このストーリーはヘビィですよね」

「僕のイメージって何ですか？」

「ですからミスターです」

当時、道内で人気を博していた『水曜どうでしょう』の中で僕はミスターという愛称で呼ばれていた。しっかりしているようでありながら、ちょっとしたミスを犯す。時には共演者のO泉からこの本のタイトルでもある〝ダメ人間〟と呼ばれていた。変なおじさん、だったのかもしれない。そのイメージからはほど遠いというのだ。

「せっかく映画を作るのですから、紆余曲折があっても希望の持てる作品であるべきだと思うんです。それがミスターへのイメージですから」

なんの話かと思った。僕のイメージ？　なんなんだそれは？　作りたい作品が作れなくなるイメージとは何なのか？　全くもって理解出来なかった。

脚本家も参加し具体的な作品作りが始まった。しかし、並べられた台詞は僕が望んでいたものとは大きく違った。何度も話し合いを重ね、何度も書き直しをしてもらった。周りは面白いと言うが僕は納得できない。夢であった映画制作であったが苛立ちばかりが募っていった。

僕は家内に言った。

「これはもう僕の作品ではない。やめたい」

家内は随分と困った顔を見せた。そして僕を諭した。

「気持ちは分かる。だけど今、やめたらもう二度とチャンスは来ないと思う」

「仕方がない」

僕はもうだだをこねる子供でしかなかった。

「一〇〇パーセント思い通りになることなんてないと思う。妥協と言っては言葉が悪いけど、譲歩しなければやっていけない部分もあると思うよ」

「それは分かるけど」

「プロになればなるほどしがらみも多くなると思う。でもそれを上手くやるのがプロじゃないの？　それとも前の劇団のようにアマチュアでいいの？」

「……」

「お膳をひっくり返したければ、ひっくり返してもいいと思う。でもね、チャンスを逃すより、いずれ思い通りの作品が作れるようプロの道で勉強した方がいいと私は思う」

またしても彼女の一言で僕は思い留まった。望み通りの作品にはならないのかもしれないが、新しい道を歩もうと思った。あの時、アニメ『巨人の星』の星一徹張りにちゃぶ台をひっくり返していれば今日の僕はない。たった一言で人生が開けたり、逆に閉ざされたりもする。そして大切なのは、その言葉にちゃんと耳を傾けられるかどうかだ。人は決して一人で目的を果たせるものではないのだから。

それ以降、考え方を柔軟にして原案とは方向性は違うものの納得出来る作品になるようミーティングを重ねた。

結果的には『man-hole』というタイトルとY田顕が演じた警察官・小林正義という設定だけが残り、他はガラリと変わってしまった。それでも僕は納得した。今、僕のイメージがそうならば、いずれ来る将来にこの思いを反映させることが出来るのであればと……。

着々と映画撮影の準備が進む中、またしても問題が起きる。札幌でしか撮影することを考えていなかったのに、あるスタッフが言った。

「札幌は絵にならない」

碁盤の目に区切られ理路整然とした札幌は映画には適していないというのだ。起伏があり歴史的建造物も残る函館や小樽で撮影したらどうだろうという案が提示された。

言われた意味は分かる。しかし、僕は札幌で映画を撮影したかった。それは風光明媚な観光地だけに物語が成立するのではなく、何気ない普通の街並にこそ物語があるのではないかと考えていたからだ。そういう意味ではリアルな生活の場である札幌は僕にとって普通の街なのだ。普通の街で撮影するから意味がある。この映画は特殊な物語であってはならない。札幌ではなくとも、仙台、新潟、名古屋、広島、松山、福岡、鹿児島、もちろん東京、大阪。どの街でもあり得る物語でなければならない。たまたま舞台が札幌であったに過ぎない。そういう普遍的な物語を作りたかった。

僕は地方でのモノ作りにこだわっている。東京を否定しての話ではない。たまたま僕は札幌という地方で生活している。当然、東京とは違う環境だ。であれば作るものも東京のそれとは違って当然だと思う。華美で高尚な作品は無理なのかもしれない。モノ作りのノウハウを始め経験値、そして何よりも予算が違う。でも、それらとは対極に位置する質素で野卑なものであれば作れる。もちろん低予算で。確かに華美なものに比べ質素なものは魅力に欠けるのかもしれない。地方では華美なものを求めても、結局はイミテーションになってしまう。そんなものは意味がない。

言うなれば有機農業で野菜を作るような考え方に近い。見た目はゴツゴツで曲がった見た目の悪いキュウリではあるが、農薬を使わない安全でおいしいキュウリ。そんな作品を作りたいと思った。スーパーではまだまだ真っ直ぐな見栄えの良いキュウリが求められるのだろうが、僕はそういったものを作る気はなかった。

一時はお膳をひっくり返してしまおうとまで思ったが、僕は映画を作ることを決断した。質素で低予算ではあったが、未開の地に鍬《くわ》を入れる意味を重んじてのことだった。

時は一九九九年。ノストラダムスの大予言はただの空言に終わった。戯言に惑わされた時代は過ぎ去り、新しい現実が始まる。僕自身も長きにわたった劇団時代を終え、映画監督という新しい自分の幕開けとなった。

8 処女作クランクイン

二〇〇〇年の秋。札幌市内、撮影地である北星学園大学構内の施設で第一声を僕は轟かせた。

「本番！　よーい、はい！」

腹式呼吸で鍛えた大きな声。舞台上で発する台詞のよう。いやガナリ声だった。気合いが入っているというより、緊張感を覚《さと》られまいとして大きな声を出したのだ。カメラが回る。モニター画面を食い入るように見た。瞬き一つしない。いや出来なかった。さらにはレントゲン写真を撮られるかのように呼吸さえも止めていた。監督デビューの瞬間だった。

準備に準備を重ねたが、いざ本番となると緊張した。仕方がない。緊張するということは、それだけ真剣であるという証拠でもある。適当でいい加減であれば緊張などすることはない。こういう緊張感は常に持っていたいと思う。緊張をしなくなったら、ある意味終わりだと思う。

スタッフのほとんどは東京から来た人たちだった。俳優さんもそうだった。劇団の時とは雲泥の差。プロの人たちとの取り組みだった。

事前に何度も打ち合わせを重ね、僕の思いをスタッフは理解してくれた。また東京ではなく北海道という地方でのモノ作りにも共感してくれ、撮影するにあたっての不安は徐々に消え、逆に期待が増していった。

現場に入って迷うことがないように充分な準備もしていた。すべてのカットは絵コンテに起こし、どういう絵を撮るのか確認しスタッフにも伝えた。ぼくのやりたいことはすべて事前に伝えておいた。現場で監督が悩んでしまうとすべての作業が止まってしまう。現場に入ってからは絶対に悩まない。そう決めていた。

が、しかし、思うように進まないのもまた現実である。

初日。ラストカットを撮り終えスタッフが言った。

「監督、寄りのカット撮らなくていいですか?」

「大丈夫です」

と僕が言うがスタッフは続けた。

「一応、押さえで撮っておいた方がいいと思うんですけど」

「いや、大丈夫ですよ」

「でも、今のカットじゃ顔が見えないから」

「顔は見えなくともいいんです」

「一発、顔の寄りカットを入れるのがセオリーなんだけどな」

セオリーという言葉が気にかかった。大した意味で使ったのではないかもしれないが、僕には「何も知らない素人監督が」と聞こえてしまった。初監督であり、ずっと助監督として下積みをしてきたわけではない。監督をするにあたっては、僕なりに出来る限りの勉強もしてきたつもりだ。一一歳の頃から遊びではあったが映画を作り始め、それ以降もずっと映像制作を目標にしていたから、演劇活動の裏で様々な努力もしてきた。

ただ一方で表向きの経歴には映像制作に関しては何もない。監督するにあたり、「北海道のテレビでちょっと人気が出て、金を出してくれるスポンサーも見つかったから映画を撮りたいって言い出したんだろう」

と思われることを危惧した。確かに異業種監督が多く出てきた時代だ。僕もその一人で、単なる思いつきで監督をやりたいんだろうとは思われても仕方がない。そういう思いが僕を逆に頑《かたくな》にさせた。

「僕は信念を持って撮影をしている。その信念を貫く」

と、その頃は強く思っていた。

「大丈夫です。ここは今のカットで充分ですから」

「本当に大丈夫？　よくあるんですよ編集の時に、撮っておけば良かったたって思うこと。その時はもう間に合わない。予備で撮っておけばいいと思うけど」

「いいんです」

ここで負けてはいけないと思った。初日からスタッフの言いなりになってしまったら、この先どうなることやら。脚本作りの段階で大いに譲歩した経緯もあり、僕は意地になった。

「まあ、監督が言うなら」

と納得していない様子でスタッフは言った。そしてその時、あることに気付かされる。僕と対峙したスタッフ。他の何十人というスタッフはみな、その物言いをつけたスタッフの後ろにいて僕を見ていた。つまり一対多勢の構図だった。スタッフはスタッフでみなひとかたまりになっていた。

「そうか、これが現実なのか」

と思った。事前の打ち合わせでは大いに賛同してくれても、現実は簡単ではない。所詮、初監督。しかも異業種なのだ。

「闘いだ」

と感じた。これは闘いなんだ。今、闘いが始まったんだと思った。

その日の夜、宿舎であるホテルに戻るととてつもない疲労感に襲われた。金縛りにでもあったかのように体が動かない。

誰かがドアをノックした。だが答えることも出来ない。再度ノックの音が聞こえたがどうすることも出来ないでいた。するとドアが開く音がした。

「オートロックだから開かないだろう？　合鍵を持ったホテルの人か？」

と思ったら入口にはニタニタといやらしく笑う男がいた。自己嫌悪だ。

「随分とお疲れのようで」

「何だ、お前か」

「何だ、お前かはないだろう」

「今は会いたくない」

「いつも会いたくはないだろう、俺には」

「疲れているんだ」

「察しますよ」

一言一言が鼻につく。

「仕方がないことだと思う」

自己嫌悪の顔が真剣になった。

「何がだ？」

と僕は聞き返した。

「北海道以外じゃお前は無名だ。東京から来たスタッフはお前のことなんか何も知らない。万が一知っていたとしてもタレントとしてだろう。みんなが監督としての能力を疑うのは当たり前だ。しかも映画のスタッフは自尊心が強い。正直、お前みたいなのが監督になるのが面白くない人もいるだろう」

「そんなこと言われなくとも分かっている」

「分かってないさ」

「分かってるよ」

「理解はしていても受け入れていない。だから分かってない」

「なんだよ、それ」

「ビビってんじゃないよ」

「ビビってないさ」

「監督として信頼されていないことなんて想像がついただろう。それが当たり前なんだ。いいか、一つ一つ真剣に逃げないでスタッフに立ち向かえ。それで理解してもらうんだ。それしか方法はない」

「……闘い」

「違う。勝ち負けじゃない。仲間にするんだ。お前のチームにお前がするんだ」

「チーム」

「ああ」

ドアをノックする音が聞こえた。

「監督、俳優の◯◯さんが到着しました。打ち合わせをしたいと言うのですが」

助監督の声だった。

「さあ、仲間の所へ行きな」

そう言うとベッドに倒れ込んだ僕の手を自己嫌悪は引っ張った。

その後も現場では僕の演出に対し
「バックショットばかりでいいの?」

「役者の顔が見えないよ?」

と疑問を投げかける声が轟く。その度に僕は、その演出意図を細かく丁寧に説明した。

そんな日々が続いた。

一週間後、スタッフが言った。

「面白いこと考えるよな」

「セオリー漬けの人間じゃあ思いつかない」

「ああ、そういう解釈もあるね」

否定的なムードが渦巻いていた現場の空気が変わった。僕の演出を心待ちにしてくれる。一つ一つ積み重ねたものが形になっていった。ガチガチだった現場に笑顔が溢れるようになっていった。

監督としての問題は払拭されたのだが、違う問題が浮き彫りになる。

僕が初監督をやるのと同じく、この映画でTEAM NACSのY田顕が主演に抜擢された。いや僕が抜擢した。それは元々、演劇で上演した時の主演であったこと。そして、北海道で作る映画なのだから、主要キャストは北海道の俳優にしたかった。主演にY田顕。共演にO泉洋をキャスティングした。

監督の僕でも緊張するのだから、初の主役となったY田の不安は底知れなかったに違いない。撮影現場でも本来の持ち味が発揮出来ない。NGを連発する。本人が一番悩んでいたことと思う。撮影が休みの日。Y田はO泉に電話をしたという。

「今、地下鉄のホームにいるのだけれど……飛び込んじゃおうかな」

根っからネガティブな人間である。それにも増してナーバスになり落ち込んでいたらしい。

そんな様子を重く見たスタッフは撮影早々に僕のところに来た。話があると言う。

「このままY田君でいいのか？」

何を言っているのか分からなかった。

「今ならまだ、キャストを変更することも可能だ」

降板を提案してきたのだ。何を言うのだろうと思った。僕は即答で
「大丈夫です」

と答えた。意地ではない。確証があった。確かに一〇〇点満点の演技ではないのかもしれないが、彼の芝居は充分、合格点をクリアしていた。疑問視するスタッフにきっぱりと言った。

「僕はモニターで彼の動き、台詞を確認しています。彼は不安がっているだけでちゃんと役を演じています。監督の僕が言うのですから間違いありません」

主演が余りにもプレッシャーを感じていたものだから、現場ではついつい僕も語気を荒げていた。それが逆効果になっていたのかもしれない。

誰もが初めてのことだから不安だった。しかし、これを乗り越えなければ目標などどんどんと遠ざかるばかりだ。初めての映画体験は僕たちを大いに動揺させ怖さも教えてくれた。やってみて分かることも沢山ある。やってみなければ分からないのだ。こういった経験が次に繋がる。結果を求めるのではない。次へ繋げることが一番大切なのだと思う。

自分の作品を見るのは好きじゃない。粗ばかりが目立ち耐えられない。今でも年に何

度か見るが、どうもダメだ。

撮影後、テレビ番組で故深作欣二監督と対談させていただいたことがある。『仁義なき戦い』シリーズに多大なる影響を受け、尊敬する監督の一人が深作監督だった。対談の中で監督が言った。

「今でも試写を見ると撮り直したくなる。座席を立ち上がりたくなりますよ。ああ、まだまだ勉強しなきゃならないことがあるなと痛感します。だから、こんなおじいちゃんになってまでも（監督を）やっているんです」

さらにこう付け加えた。

「監督として、いろんなことが分かってきたのは一〇年ぐらい過ぎてからでしょうか。あなたはまだ一本しか撮っていないでしょう。分からないのが当たり前です」

この言葉は今でも心に焼き付いている。メイキング映像で見る厳しい深作監督と違い、終始穏やかな笑顔で話してくれた。こう言われたことは、今でも僕の宝物である。

9　どさ回りの上映会

完成した映画は劇場での公開が終わると、北海道各地で上映会を開いた。札幌や旭川のような大きな町には映画館があるが、北海道にはかつてはあったが今は映画館の無い町も多い。広い北海道では、映画館のある町まで行くのに片道二時間も列車に揺られなければならないこともある。「お客さんにそんな大変な思いをさせてしまうよりも、我々がフィルムを持って出向けばいいのではないか」と出来る限り足を運ぼうと企画したのが上映会方式だった。監督である僕と出演者のY田顕、O泉洋も直接出向いての上映会&トークショーだった。

正確には数えていないが、北海道内三〇以上の市町村にお邪魔したと思う。市民ホールや公民館がほとんどであったが、中には小学校の体育館で上映会を開催したこともあった。地元の青年団が有志を募り、開催に漕ぎ着けたのだ。入った体育館には手作りの大段幕が掲げられ、ステージ上にはティッシュペーパーで作った花が一面に飾られていた。

それを見たO泉はいつものごとく悪態をつく。

「何だよこれ、ティッシュじゃねえか。今時、幼稚園の学芸会でも作らねえぞ」

会場は一気に沸き上がる。きっと彼に突っ込まれることを想定しての演出だったのだろう。手作りの温かな雰囲気に包まれていた。


すべて車での移動だった。フィルムと出演者、スタッフがぎゅうぎゅう詰めになり目的地へと移動し、上映会が終わるとその足で戻る。札幌に到着するのは大抵、夜中の一時か二時だった。

疲れてはいたが心地好かった記憶しかない。普段訪れない土地に行き、その土地の人々との交流は沢山の元気を貰うことが出来た。

興奮冷めやらぬ帰りの車中。O泉はステージの延長戦かと間違うほど、ずっとスタッフとトークをし、馬鹿笑いをしている。彼は画面に出ている時と私生活に隔たりがない。多分、口が動いていないと死んでしまう生物なのだろう。だから彼は生きていれば喋っているか何かを食べているか、常に口が動いているのだ。横でそれを聞いている僕も一緒になって笑っていた。

ふと会話が途切れた。そしてルームミラーを見たO泉は驚きの声を上げた。

「Y田、起きてんのかよ！」

一言も声を発しないY田はてっきり疲れて寝ていると思っていた。が、ルームミラーに眼光鋭い彼の姿が映っていたのだ。

「怖いって、Y田！」

皆が最後列にいるY田を見た。が、Y田は何も言わない。

「何とか言えって、Y田！」

と言っても何も言わず、窓から外を眺め出した。

その後、車内には爆笑が渦巻く。何も言わずに起きていたY田が話題の中心になるが、彼は一切何も言わず、そのうちただただヒクヒクと笑い出す。それを見たO泉が突っ込む。

「気持ち悪いんだって、Y田！」

笑いに包まれたワンボックスカーはヘッドライトを遠目にして走り続ける。まるで旅芸人一座のようだった。


遠地はさすがにその日に戻るのは困難なので宿泊しなければならない。留萌《るもい》という日本海側の町でのこと。宿泊先のホテルが妙だった。ビジネスホテルと名がついているがどうも趣《おもむき》がオカしい。三階建ての一階部分はスナックやクラブの店舗になっていて、部屋は薄暗く湿った感じだった。ホームページで調べると今は綺麗になったみたいだが、当時はどうも怪しい雰囲気を漂わせていた。

「すいません。他のホテルは全部満室だったので」

当時のマネージャーがその強面《こわもて》の表情とは裏腹に随分とすまなさそうな顔をしてみせた。

「随分と前から、この上映会があるのは分かっていたんでしょう？」

ここぞとばかりにO泉が突っ込みを入れる。

「いやあ、空いていると思ったんですよね」

「予約を入れるのが遅かったんだね。その辺のところ、どう責任をとってくれるの？」

テレビでもよく見られるやり取りが、カメラも回っていないのに展開される。

そして、食事を終えホテルに戻り、みながそれぞれの部屋に入ろうとした時、息を殺した中途半端な悲鳴が聞こえた。スタッフの一人がカウンターを指差した。

「え？」

「なにあれ？」

「人？」

「生首じゃねえ？」

カウンターの切れ間、床に人の首があった。

「どういうこと?」

恐る恐る近づいてみると、老人が高いびきをかいて寝ていた。誰かがカウンターの中を覗いた。

「布団が敷いてある」

「ええ?」

みながこぞってカウンターの中を見た。このホテルのお爺さんなのだろうか、カウンターの中に布団を敷いて寝ていたのだった。

「なんで?」

とは思ったものの起こして訊くわけにもいかない。だが、布団を敷いているということは、ここが彼の寝床であることには違いない。何とも不思議なホテルに我々は迷い込んでしまった。

翌朝、ロビーに集まるとソファを独り占めしている老婆がいた。老婆はソファではなくその前に正座しながらテレビを見ていた。それだけならまだいいが、テーブルには朝食が用意されていた。その朝食というのがホテルの朝食とは異なるもので、ひじきの煮付け、海苔の佃煮、ナスの漬け物などいたって普通のしかも老人が好みそうなものばかりが並べられていた。全員が昨日の老人を思い出した。この老婆と老人は夫婦に違いない。そして、この朝の光景は日常のことなのだろう。

ホテルを出た瞬間、みなが揃って爆笑した。

「なんだよ、ここ」

「まるで普通の家に泊まったみたいだ」

常に笑い声がこだましていた。


宿泊になると、夜な夜な繁華街に出向くこともあった。食事を終え二次会に行こうということになる。ホテルに戻るにはまだ早い。そうなると、もう少し飲んでいたい。いや、それぐらいしかやることがなかった。せっかく行くなら綺麗なママの一人でもいる方がいい。しかしながら土地勘のない我々は路頭に迷ってしまう。

が、ここにきて当時のマネージャーが力を発揮する。彼は店の名前、店構えでその善し悪しを察知する能力を備えていた。我々は彼のレーダーを頼りに街を徘徊する。

「ああ、ここの店なんか、どうですかね」

そう言うとドアに耳を当てる。

「ああ、ダメだ。カラオケの音がする。ここはやめておきましょう」

次にレーダーに引っかかったのは店構えも若者向きのような感じだった。

「ここなんか、いいと思います」

そう言うと彼はドアを開け中へと入って行った。すぐに出て来て彼は言った。

「ダメでした。妖怪だらけです。逃げましょう」

何故逃げなければならないのか分からないが、我々は駆け足でその場を去った。

「どうして逃げたの？」

「今、仲間を呼んで来るって言って出てきたんで、店の人が出てきたらお仕舞いです。妖怪の餌食になってしまいますから」

「あのさ、結局、なんの当てにもならないんじゃないの」

そう言われると彼は何も返せなかった。ビギナーズラックで何度か美人ママのいる店に当たったが、偶然にすぎなかった。

業を煮やした僕は、辺りにいる若者に声をかける。

「ねえ、この辺で面白い店ってどこ？」

普段は見せない気さくな態度。相手は僕の顔を見て驚く。

「え？　ミスター？　あ、ミスターだ」

「そう、ミスター。で、面白い店だよ」

半分威圧的に店の名を聞き出す。こんなやりとりの一部始終を見て驚くのがO泉とY田だった。

「やり口がまるでチンピラだ」

そんなことさえも良い思い出になっている。今ではもう、軽はずみにみんなで繁華街を徘徊することなど出来ない。そんな今が少しだけ寂しく思われる。昔を懐かしむのを否定する人がいる。

「昔は良かった」

という言葉はまるでNGかのように。でも、良かったのだ。一生懸命であれば、その時その時がベストなのだから昔も良かったのだ。今はもう出来なくなったこともあるが、それを踏まえての今がある。だから今も一生懸命にやれば、今が良く思えてくるし、何年か後に今が良かったと思えるだろう。そんな今にするために、昔を懐かしんでも良いと思う。

あの頃〝も〟楽しかった。

10　勝利に酔いしれて

二〇〇二年。日韓共催のワールドカップが開催された。イングランドのベッカムやトルコのイルハン、韓国の安貞桓《アン・ジョンファン》に日本の宮本恒靖。何かとイケメンサッカー選手が注目を浴び、自国開催もあいまって一躍にわかファンが増えたものの、根っからのサッカーファンとしては、この上なく幸せな時を感じていた。

元々、小学生の頃からサッカーが好きで始めた。まだまだマイナースポーツではあったもののボールを追いかけるのが好きだった。ただ僕のサッカー人生はあまりにも恵まれていなかった。

入学した中学校のサッカー部はワルの巣窟だった。校内のワルトップ10がサッカー部だった。他にも何名か部員はいたが、そのワルの手下で全員が中学三年生だった。一学年下の二年生は近づきもしない。そんな部活動だからちゃんとしたコーチもいない。サッカーをやるような環境ではなかった。本当に無法地帯だった。何も知らない新入生が二〇名近く入部したが一ヶ月で半減した。

ワルたちはトレーニングなどする気はさらさらない。学ラン姿のまま、木刀を持ち仁王立ちして言った。

「一年、走れ!」

僕たちはただただひたすら走らされた。毎日毎日、ただ走らされた。倒れるまで走らされた。それを上級生は笑っているだけだった。幼稚なしごきが続いた。

二〇名以上いた新入生は二ヶ月もしないうちに四名になっていた。

「なあ、どうする?」

「こんな部にいても意味ないよ」

「俺も辞めようと思っている」

引き止める気力はなかった。ちゃんとサッカーがやりたかったのに夢は立ち消えになる。夏を待たずして僕もサッカー部をやめた。しごき相手のいなくなった上級生たちも、グラウンドから姿を消し、サッカー部自体が廃部になってしまった。その六年後、『週刊少年ジャンプ』に『キャプテン翼』が連載される。中学時代、僕はボールと友達にはなれなかった。

高校へ進学してもサッカー部に入部したが、中学をちゃんとサッカー部で練習してきた連中との差は明らかだった。一年生ということもあり、攻撃的ポジションを希望していたがディフェンスをやらされるようになり、サッカーの面白みを見失ってしまう。さらには友人がバレーボール部への転部を勧めた。そんな時、遠征メンバーの発表があり僕はそのメンバーから外された。それを機にサッカー部からバレー部に転部した。

不遇のサッカー少年ではあったがサッカー好きであることは、ずっと変わらないままだった。いや不遇も変わらないままだったのかもしれない。


日本代表が初めてワールドカップ出場を決めた。

一九九八年、フランス大会。日本の初戦は強豪アルゼンチン。対戦地はスペイン国境に近いフランス南部のトゥールーズという町だった。この歴史的対戦を見ないわけにはいかない。さっそく観戦ツアーを計画した。幼い子供も一緒に家族で見に行くことにした。滅多に行くことの出来ないヨーロッパ。対戦地がスペインにも近いということで、スペインのバルセロナ、そこからフランスのトゥールーズへ列車で移動し、最終的にはパリ観光をするというコースだった。時差ボケで眠ったままの娘をおんぶしながらもバルセロナ観光を楽しんでいた。サグラダファミリアやグエル公園、アントニオ・ガウディ縁の地を多く訪ねた。そんな最中に事件は起こった。

「ワールドカップ・フランス大会、チケットダブルブッキング事件」

販売委託業者のチケット横流しが発覚し、日本の旅行代理店に観戦チケットが届かず、多くの観戦ツアーが中止されてしまったのだ。多くのサポーターがフランス渡航を断念した。ファンの多くは出発前にこの事態を知ることになったのだが、僕は事前のバルセロナ観光を組んだため、この事態をスペインで知った。旅行代理店からは、試合当日、会場近くのホテルにチケット引き渡し受付を設け、そこで観戦チケットを渡すと説明されていた。旅行代理店もこんな事態になるとは思っていなかったのだろうから、その方法が最善と考えたのだろう。

ホテルで受けた日本からの電話は

「チケットの手配がつかない」

という内容だった。状況を把握していない僕は

「?・?・?・」

だった。

どうにもならない。現地に行ってみるだけ行ってみるかとも考えたが、行っても無駄だろう。友人知人、日本からいろんな情報を聞いたが諦めるしかなかった。結局、列車でトゥールーズに移動することは断念し、飛行機でパリに入ることにした。

本来なら移動日だった夜。パエリアやガスパチョではなく日本料理店で食事をとることにした。そこには中年の男女が一〇名ぐらい酒宴を開いていた。関西弁の彼らの笑い声が店の中に渦巻いていた。

「なあ板さん、お持ち帰りでおにぎりとか作って貰えんやろか。これから、あれや、なに？　どこやったっけ？」

赤ら顔の男は隣の赤ら顔をこづいた。

「知らん」

「知らんのかいな」

「トゥールーズや」

別の赤ら顔が言った。

「そこそこ、これからバスでそこに行くから、夜食に作ってえな」

さらに奥にいた赤ら顔の女が言う。

「私なんてサッカーなんか、なんも分からんのに連れて行かれんのよ」

そう言いながら高笑いした。それにつられるかのように耳障りな笑い声が店内に響いた。

翌日、空港からホテルへと移動する車の中で、日本対アルゼンチンの実況中継を聞いた。ラジオ放送。しかもフランス語だ。国名と選手名しか聞き取れない。試合内容は想像すら出来なかった。何とか後半戦はホテルに辿り着き、部屋のテレビで観戦することが出来たが、見ている僕のテンションは低いままだった。初めてのワールドカップも散々だった。

二〇〇二年、日韓共催のワールドカップ。四年間の思いが募り僕のテンションは上がりっ放しだった。ベルギーとの初戦で鈴木隆行、稲本のゴールで2－2の引き分け。得点は中山の一点しかなく惨敗したフランス大会に比べ、かなりの盛り上がりだ。それは僕にとってもリベンジだった。

六月九日。第二戦。六万六〇〇〇人の観客で埋め尽くされた横浜国際総合競技場。対戦相手はロシア。大方の予想はロシアが有利だった。

僕は自宅でワクワクしながら試合開始を待った。その興奮はすでに頂点に達していた。少しでも興奮を鎮めようと缶ビールをあける。一缶、二缶、握りつぶされたアルミ缶が転がった。

そして当時としてはかなり大きかった42型プラズマテレビにはピッチに出て来る選手の姿が映し出された。キックオフのホイッスルがなり一進一退の緊迫した試合が展開された。前半終了時は0－0であった。選手でもないのに緊張感がみなぎっていた。心臓がバク付いていた。その鼓動を収めようとハーフタイムにワインのコルクを抜いた。

後半開始早々の五分。左サイド中田浩二からのパスを柳沢がワンタッチ。それを抜け出した稲本がシュートを決めて一点を先制。その後、再三のピンチをしのぎ日本は初勝利を獲得した。

もうダメだった。喜びがはち切れそうになっていた。いや、すでにはち切れていた。ハーフタイムに抜いたワインはロスタイムの時点でもう残ってはいなかった。噴出してしまった喜びを抑えることは出来ない。二つ折りになっていた携帯電話を開いた。

「もしもし、試合、見てたか」

「もちろん、見てましたよ」

中途半端な関西弁が耳元に届く。北海道在住のお笑いコンビ、オクラホマのF尾だった。姫路出身の彼は進学した北海道大学で同じ関西出身の後輩、K野を誘い、お笑いコンビを結成した。札幌市を一望出来る旭山公園でF尾はK野に言ったそうだ。

「K野、見てみい。札幌にはこれだけ明かりのついた家々がある。この明かりのついた家々に、俺らで笑いの渦巻き起こそうぜ」

これを聞いたK野は何も言い返せなかったそうだ。弁護士を目指していたK野にはお笑いをやる意思はまったくなく、F尾が突然なにを言い出したのか理解出来なかったのだ。それを聞こえなかったと思ったF尾は、

「K野、見てみい。札幌にはこれだけ明かりのついた家々がある。この明かりのついた家々に、俺らで笑いの渦巻き起こそうぜ」

と擦り込まれた台詞かのように、同じく繰り返したという。残念ながらこの二人、未だに笑いの渦は巻き起こせないでいる。

「おう、行くぞ！」

「社長。行くって？」

「ススキノのキャバクラだ！」

この興奮を収めるにはとことん騒がなければもう収まり切らない。大人しく床につくなど無理な話だ。このF尾という男はお笑い芸人だけあってススキノ事情に詳しい。あらゆる要求に応えて的確な店をチョイスしてくれる。

ススキノでいうキャバクラと他の地で言われるキャバクラはちょっとニュアンスが違う。東京などでいうキャバクラはススキノではニュークラブと呼ばれ、それよりも少しハードな店をススキノではキャバクラと呼ぶ。であるから、ススキノへ遊びに来て普通のキャバクラの概念で入るとちょっと驚くかもしれない。逆に道民が東京のキャバクラに行けば、きっと物足りなさを感じてしまうだろう。

「いい店あるか？」

「ちょっと待ってください……今日、日曜日ですね」

ススキノでは女の子のいる店は大抵、日曜日が休みなのだ。

「ないのか？」

「いやあ、ないことはないんですが」

歯切れが悪い。

「なに？」

「あんまりいい店じゃないんです」

「いい店じゃない？　どういうこと？」

「可愛い娘が一人もいないんですよ。ブサイクばかりで有名というか」

「え？なにそれ」

「何か、そういうので有名なんです」

「ブサイク？」

「はい」

とはいえ、そんなブサイクばかりで店が成り立つわけはないと思い、

「そこでいいんじゃない」

と返事をした。どこでも良かった。この盛り上がった気持ちのまま飲めれば、どこでもいい。その日は勝利の美酒に酔いしれたかったのだから。ロシア戦の勝利を祝うためF尾が選んだ店に向かった。店に入って驚いた。F尾が言った通り、本当に可愛い娘が一人もいない。

「すいません」

F尾は謝るが、分かっていたことだ。だがそれにしても珍しいくらいブサイク揃いだった。普段なら早々に退散するのであろうが、ロシア戦勝利のテンションは何物も気に

させなかった。

「いいよ、いいよ」

何がいいのか分からないが、笑顔で僕は答えた。勝利で気を良くした僕はとっても良い人で気さくな人であった。次々と現れる妖怪にも、笑顔で酒を勧め会話に花を咲かせた。

仕舞いには、店長のお願いにも快く応えてしまった。

「あのう、サイン貰えませんか？」

「サイン？　いいですよ」

「ありがとうございます」

「色紙？」

「いえ、ここにお願い出来ますか」

店長が指差したのは、店の壁だった。

「ここに？」

「ええ是非」

マジックを渡された僕にF尾が言った。

「いやあ、壁は残っちゃいますよ」

ロシア戦勝利のテンションは恐ろしい。

「なに、いいじゃん別に」

そう言うと僕はスラスラと自分のサインを店の壁に書き残した。

その後、業界人の何人かに言われた。

「サインありましたよ」

業界の人間は案外、妖怪大戦争が好きなのかもしれない。物好きでなければ勤まらない仕事であるのは確かだ。


今、その店がススキノにあるのか知らないし、知ろうとも思わない。

一つだけ言えるのは、自分を見失うぐらいサッカー好きであるということ。そんな恐ろしい時が四年に一度やって来る。

11 原付ベトナム縦断一八〇〇キロ

日韓共催のワールドカップの熱狂があっけなく冷めた夏。一つの決断のもと旅に出た。『水曜どうでしょう』最後の旅。完全なる終了ではない。番組では「一生『どうでしょう』します」というスローガンを掲げ、四人のうち誰かが死んでしまうまで番組は続けると公言していたから厳密には終了ではないが、それまで六年間行ってきたレギュラー放送を一旦やめることとなった。

理由はいろいろあったと思う。表向きには二つ。番組のDVD化に当たり編集作業をディレクター陣は完璧に行いたい。そのためには時間が必要だと考えた。単にオンエアしたものをそのままDVDにするのではなく、オンエアとは別に一から編集をし直すというのだ。ちゃんとした品質を保つには必要不可欠であると言った。凄い心意気だと思う。

もう一つは、それぞれが新しいことにチャレンジしたくなったということだろう。ディレクターたちは舞台に挑戦したいと言った。それで『水曜天幕團』公演が実現する。僕は僕で、映画制作にベクトルは移行していた。処女作でやりきれなかったこと。さらには別の次元での新しい挑戦。それを試みたかった。ディレクターと僕は最後の企画を行う一年ぐらい前から、そんな話をしていた。ショックだったのはＯ泉洋だろう。彼には半年ぐらい前にディレクターから伝えられた。

「そうですかあ……」

と彼は何となく予測していたように答えたという。そして、

「みなさん、他にもやりたいことがあるでしょうし……寂しいですけどね」

と続けたと聞く。多分、誰よりも番組のことを考え愛していたのは彼だったのかもしれない。当時の僕たちはチャレンジすることに浮かれていた。『水曜どうでしょう』という番組がたまたまヒットしただけと軽く考えていた。

僕はというと、番組を完全にやめる気はなかった。ただ、それ以上に映画に惹かれていたのは事実だ。僕にとって映画は、生き別れになった親と再会するようなものだった。子供の頃に夢見ていたこと。地方では叶わぬ夢でしかなかった。だが、それを手にした。一度手にしたら二度と手放したくはない。欲が出ていた。「もっともっと」そういう思いが僕を支配していた。だから番組のレギュラー放送終了も致し方ないことと思っていた。

最後の企画はベトナムをカブ（原付自転車）で縦断するものだった。これはその年の正月、家族旅行でベトナムを訪れたことがきっかけとなった。当時、ベトナム料理店を会社で経営していたので家内は何度もベトナムを訪れていた。しかし、会社の社長でありながら僕はベトナムに行ったことがなかった。休暇がとれる正月、幼い娘と三人でベトナム旅行を計画したのだった。

ホーチミン空港に降り立ち移動するタクシーの車中、驚愕の光景を目の当たりにする。道路という道路をおびただしい数のバイクが埋め尽くしている。四輪車が走行しようにも、バイクがそれを阻むかのようだった。しかも本来二人乗りであるはずのバイクは、子供を真ん中に親子三人がサンドイッチのように積まれていた。三人ならまだしも、四人、曲芸まがいに五人乗りまでいた。

「なんだ、これ」

ワクワクした。番組の企画で国内、東京から札幌、京都から鹿児島までカブで走ったことがあったが、このベトナムこそカブ乗りにとっては聖地と思えた。鞄からビデオカメラを取り出し、すぐさま回した。興奮していた。番組のスタッフであるF村氏やU野氏に見せてやりたいと思った。きっと彼らも同じように興奮することだろう。プライベートでもいろいろと旅行をするが、番組のことを考えることはほとんどなかったように思う。ベトナムは違った。これはいける。ここでこそ面白いロケが出来る。そう確信した。思惑通り、レギュラー放送最終回となった「原付ベトナム縦断一八〇〇キロ」は番組上でも傑作の一つになったと思う。放送もされたがロケ当日の朝、ホテルの部屋から見下ろしたハノイの街並にはアリの行軍のように群れる無数のカブが走っていた。ロケの最終日、ホーチミン市内では無数のバイクの群れに僕らは飲み込まれていった。その光景は日本では想像もできないものだった。

初めてのベトナム旅行は忘れられないものになった。

それはもう一つ、忘れられない出来事が起こったからでもある。

初めてのベトナム旅行。旅の前半はホーチミン市郊外にあるリゾート地に行った。自然豊かな場所に立つコテージ。眼前には青く澄んだ海が広がっていた。ゆったりとした時間が流れる。日本での喧噪はどこにもない。贅沢で幸せな一時だった。遊ぶに遊んだ。娘も終始笑顔で楽しんでいた。

三日後、リゾート地を後にしてホーチミン市へ移った。道端には屋台や露店が並び活気に溢れていた。人々の目の輝きが違う。生きている。生きるのに必死なのだ。物乞いをする人もいる。両足を失い地べたに伏している。ベトナム戦争の傷跡なのだろう。

何だか自分が恥ずかしくなった。豊かさと平和の上にアグラをかいている日本人の自分。僕が日々悩んでいることなんて、この国の人たちに聞かせたなら呆れ果てられるだろう。

「何を悠長に。こっちは生きるのに必死なんだよ。あんたみたいに悩んでいる暇さえないよ」

と言われてしまいそうだった。

家族で街中を散策していると、気分が悪いと娘が言った。慣れない海外旅行で疲れたのだろうとホテルへ戻ることにした。ベッドに寝かせて暫く様子を見ることにしたが、容態は悪くなっていく。高熱を発し始めた。

ホテルのコンシェルジュに伝え小児科の病院を探してもらうことにした。幸いなことに宿泊先のホテルには日本人男性のスタッフが常駐しており、迅速に対応してくれた。

ホーチミン市内の病院にその日本人スタッフは我々家族を連れて行ってくれた。すぐに診察がなされた。単純な風邪による発熱であろうとも思われるが、一方でホーチミンに来る前にリゾート地にいたことから、蚊などに刺されてのマラリアの可能性もあると医師は言った。更に医師は、七歳の子供であれば生死にもかかわると言う。

「生死？」

通訳をしてくれた日本人スタッフに聞き返した。気の毒そうな表情を浮かべながら彼は続けた。

「マラリアであった場合、生存率は五〇％だそうです」

「五〇％！」

生存率五〇％ということは、死亡率も五〇％ということだ。ドックンドックン、鼓動が早くなる音が聞こえる。周りの景色が一瞬にして歪んだ。何をどうしていいのか分からなくなった。異国であるということからとてつもない不安がのしかかってきた。

「とりあえずは入院してもらい様子を見ると」

「……分かりました」

そう言うしかなかった。

殺風景な病室に移された。娘は熱にうなされながらベッドに横たわっている。妻と僕は何も言わず娘を見守っていた。時間だけがただ流れていた。時折、看護師が様子を見に来るが病状は変わらない。しばらくして、家内はホテルへ必要な物を取りに行った。病室には娘と僕だけになった。

「うーん、うーん」

小さなうめき声が病室に響く。すぐ側にいるのに僕は何もしてやれない。無力だ。親であるのに今の娘を助けてやることが出来ない。歯がゆい。悔しい。娘の手を握りしめた。小さな小さな、本当に小さな手だった。

「ガンバレ、マケルナ！」

そう言ってやることしか出来なかった。

楽しかったはずのベトナム旅行。ビーチで笑顔いっぱいにはしゃぐ娘の姿がはっきりくっきりと思い出された。リゾート内のプールで自慢の泳ぎを披露する娘の姿。屋根だけの小屋に無造作に置かれた卓球台。自分の顔よりも大きなラケットをブンブンと振り回す娘。ピンポン球はほとんどそのラケットには当たらないが、絶えず笑い転げている娘の姿。レストランには年が明けてもクリスマスのデコレーションが施されていた。きらびやかなボックスの数々やモール。それを嬉しそうに見つめる娘の眼差し。ほんの二、三日前の出来事が、加速をつけて遠ざかっていく様に思えた。

その夜、家内と僕も病室に泊まることにした。娘だけを病室に残す気にはなれない。家内は娘の側に、僕は隣接した病室のベッドを借りた。一人、病室の天井をずっと見つめていた。目を閉じる気にはなれなかった。

「生存率五〇％」

その言葉が頭の中をぐるぐると回っていた。まだ七年しか生きていない。もしも万が一、しかも異国で……。いやいや考えまいと思っても根っからマイナス思考な僕は余計な方向に想像力を向けてしまう。

「大丈夫、大丈夫だ」

そう自分に言い聞かせるが、ついつい最悪の事態を想像してしまう。頬が冷たい。涙が流れた。病気と闘う小さな娘を思うとやりきれなかった。何よりも愛おしく大切な一人娘なのだから。

多分、ずっと寄り添っていた家内は僕よりも苦しかったに違いない。僕はまだ隣の部屋にいたが、彼女はずっと娘のうめき声を聞いていたはずだ。一睡もせずに娘を見守っていた。一心同体。母親は父親とは違う。一〇ヶ月も同じ体の中で生きてきたのだ。母親の辛さは僕のそれとは比べものにならなかっただろう。

翌日、熱は下がりマラリアの疑惑は晴れた。見えない足枷が一気に外れたように思えた。前日の様子とは一変し娘には穏やかな表情が戻った。本当に嬉しかった。またしても目頭が熱くなった。

「よく頑張った。小さな体でよく頑張ってくれた」

そう思った。

僕は無神論者だ。でもその時だけは、天を仰ぎ「神様ありがとう」と思った。

さらに、もしかしたら神が与えた試練なのかもしれないと思った。普段から仕事に追われ、いわゆる一般的な家庭と比べると子供と一緒にいる時間は少なかった。幸い我が家は二世帯で暮らしており、家内の両親、娘にとってはお婆ちゃんお爺ちゃんがいる。仕事にかこつけて、娘をお婆ちゃんお爺ちゃんに委ねることも多い。それを補うかのように正月などの長期休暇がとれる時、海外など旅行に出かけた。まるで罪滅ぼしの様に。

その浅はかな行為に対し、神様は悪戯をしたのかもしれない。ちゃんと子供、家族のことを思ってやりなさい、と。

『水曜どうでしょう』、ハノイからホーチミンまでの一八〇〇キロ走破。走行中の通信手段は日本から持ち込んだトランシーバーだった。あり得ないことが起こる。そのトランシーバーを僕は旅の早々二日目に落としてしまった。つなぎのポケットから落ちてしまったのだ。

番組のロケは出演者であるO泉洋と僕がそれぞれ二台のカブ（ベトナムではHONDAドリーム）に乗り、後方からスタッフの乗る車が追走して来る、僕たちの声はヘルメットに仕込まれたワイヤレスマイクで車に伝わり収録される。そしてディレクターからの指示や会話はイヤホンで繋いだトランシーバーから伝わる仕組みになっていた。そのトランシーバーを落としたということは、僕の声はスタッフに届くが、僕には誰からの声も届かない。僕は孤立した存在になってしまったのだ。

誰ともコミュニケーションをとれなくなった僕は、ベトナムの青い空、赤い土、緑の田園を望みながら思い返していた。

それは、半年前、娘が入院した時のことだった。人は孤独になった時、何を思うのか。僕は家族のことを考えていた。ずっと家族のことが思い浮かんだ。僕は誉められた父親でもなく夫でもない。どちらかというと落第のレッテルを貼られてしまう。でも一人になった時に思うことは家族のことだ。

トランシーバーのないままロケは続いた。我々の使用していたトランシーバーはベトナムでは入手出来ないという。偶然にも我々のロケ終了をめがけて家内がホーチミンに来ることになっていた。ベトナム料理店を当時会社で経営していたため、年に何回か研修で飲食店のスタッフを引き連れベトナムを訪れていた。今回、我々がロケを行うというので、その研修の日程を我々のスケジュールと合わせていたのだ。そこで、日本からトランシーバーを運んでもらうことを頼んだ。飲食店のスタッフはホーチミンに残し、家内だけは早朝から一人飛行機でニャチャンという町まで来てもらった。

いざという時に頼りになるのは家族なのだと、またしても実感した。

12　0から1。1から何十倍に

『水曜どうでしょう』でロケに行くと部屋割はO泉とU野ディレクターが同じ部屋。僕とF村ディレクターが同じ部屋になることが多かった。当初はO泉に聞かれてはならない打ち合わせなどがあったからだが、後半は出たとこ勝負のロケで打ち合わせの必要はなくなった。でも部屋割はそのままだった。

F村ディレクターは豪快な笑い声で知られているが、その反面、非常に繊細で緻密でもある。我々はドキュメンタリーという捉え方をしているが、そこには我々の知らない彼の演出がちゃんと介在している。彼はO泉がどう反応しどう行動するかを熟知していた。番組としては、しっかりとした罠が仕掛けられていたのだ。

困難なロケになればなるほど僕は黙々と目的を達成しようとする。逆にO泉はどんどんとボヤく。両極端な二人の特色を見事なまでに引き出していく。それを馬鹿笑いで覆い隠しているが、そこに彼の意図がある。

昔、彼に言われた印象的な言葉がある。

「ミスター、あんたは何もない所、つまり0から生み出す人なんだ。0を1にする。残念ながら俺にはそういう発想はない。でも俺は1を10や20にする自信がある。それがあんたと俺の役目だと思う」

いつ、どこで言われたのかは忘れたがこの言葉は忘れられない。

今でこそ、企画会議と言いながら、ただ小一時間、近況を報告し何をやろうか?と喋るだけになってしまったが、番組スタート当初は僕が企画書を提出し、どんなロケをするかを話し合っていた時もあった。

その時もちゃんとした企画を三つ書いた。企画タイトル、内容からその意図。そして予想される展開などが書かれていたように思う。おまけに他にも、こんなのもどうでしょうか?という軽い気持ちで、企画タイトル名だけを数個書いた。

F村ディレクターは企画書に目を通すと、しっかりと書かれた三つの企画ではなく、たった一行書かれた「どうでしょう農園」という響きに引っかかった。

「この、どうでしょう農園というのいいなあ」

「え?」

僕は拍子抜けになった。

「ミスター、これは何?」

「いやあ、僕らで畑を作ったらどうかって」

「それだけ？」

「まあ、今のところはそれだけしか考えていないけど」

「そうか。でも、どうでしょう農園ていう響きがいい」

それだけの理由で、このタイトルしか書かれていなかった企画が採用された。しかも、番組初の長期企画になった。何せ荒れ地を開墾し、野菜の苗を植え収穫出来るまでなのだから半年にもわたるものとなった。最後は収穫したものを調理し食べるのであるが、それを盛り付ける皿まで陶芸で作るという手の込みようだった。たった一行しか書かれていなかった「どうでしょう農園」。僕が置いた0から1を、F村ディレクターは何十倍にも大きく豊かに膨らませてくれる。それがこの番組の凄いところだろう。

そしてU野ディレクターが言った言葉。

「この番組は一切目新しいことなんかしていない。だから、時代が流れても番組は色褪せてはいかない」

全くもってその通りだと思う。

画面から聞こえて来るやりとりのほとんどは痴話喧嘩だったりするが、それぞれがこの番組をしっかりと認識している。ブレていない。だからU野ディレクターが回すカメラのアングルは不動だ。移動の車中でいくら会話が盛り上がろうとも被写体は車窓の景色だったりする。

「おい、Uー（愛称）何撮ってんだよ」

とO泉がぼやこうともカメラを動かしはしない。喋っている出演者の顔を撮ろうとはしないのだ。そこに確固たる彼のこだわりがある。

このカメラアングルやディレクターの演出、さらには出演者の立ち位置は初めから考えられて準備されたものではない。ロケを重ねて会得したもののように思う。回を重ねてO泉の個性が輝いたように、番組自体も進化していった。手探りの試行錯誤を重ねた結果だろう。何せ、U野ディレクターは初めてのロケの時、その移動中、ビデオカメラの説明書を読んでいたぐらいなのだから。もう何回かロケをしていた時、カラーバーを出す機能を見つけて随分と驚いていたのには、こちらも驚いた。


レギュラー放送は二〇〇二年に一旦やめたが、その後もスペシャルとして何年かに一度番組は行われる。

二〇〇四年にジャングルリベンジという企画が行われた。これは一九九八年に行ったマレーシアジャングル探検という企画と基本的に同じ内容だ。マレーシア中部にあるタマンヌガラ国立公園。そこにあるジャングルを文字通り探検するものだ。九八年に訪れた際、その過酷さに全員がやられたのだが、単にO泉を騙すために同じ場所を選んだ。

一度行ったしかも辛い体験を二度も味わうなどと彼は想像しないだろうというのが理由だった。

案の定、彼は事実を知ると驚いたが、それ以上に我々も同行するのであるから、彼と同じように過酷なジャングル体験を強いられる。しかも彼よりも一〇歳以上も歳の離れた我々こそ息が切れてしまう。現地に赴いてやっと当時の記憶が蘇るが、もう引き返すことは出来ない。O泉の驚く顔を見ることがすべてで、そのために払う犠牲は相当なものなのだ。

一晩、ジャングルの奥地の掘建て小屋で過ごし、宿泊先のコテージに戻って来た。奥の部屋では疲れ切ったO泉がイビキをかいて寝ている。残りの三人は疲れてはいたがテラスに出てビールを飲んでいた。

誰が切り出したのか、この番組の今後について話をした。

「これから先、いろんな誘惑がこの番組にあると思う」

と僕は言った。この前年に番組のDVDが発売され、予想を上回る売上を記録していた。地方の深夜番組でしかないのに、オリコンランキングで第一弾は五位、第二弾は三位をマークした。それなりに注目されていたと思う。

「でもブレちゃいけない。この番組はさ、誰にも期待されず好き勝手やってきたじゃない。それを貫くべきだと思う。四人が、まあ厳密には奴(O泉)は別として三人が思ったこと、例えば四人が絵を描いて展覧会をしても良いと思う。それも『どうでしょう』じゃないかと。四人がやれば、それは『どうでしょう』。そのスタンスでやり続けるべきだと思うんだ」

ディレクターの二人は大きく頷いた。ただ、このことは自分で言いながら自分に言い聞かせていたのかもしれない。すでに映画という分野に進出していた僕は、この『どうでしょう』という番組の巨大な影に怯えていたのかもしれない。この『どうでしょう』とは別に自分の存在理由を示さなければならないと、自分自身でプレッシャーをかけていたように思う。

ディレクターの二人も前年には『水曜天幕團旗揚げ公演2003　蟹頭十郎太』というお芝居に挑戦していた。テレビ局の駐車場にテントを張り劇場を作っての上演だった。彼らもいろんなチャレンジを考えていた。本を書いてみたい。ドラマを撮ってみたい。そんな話もしたように覚えている。

この時の話をちゃんと聞き返したことがないのではっきりとしたことは分からないが『どうでしょう』が中心軸から少しだけ、それぞれの中で離れていた時期なのかもしれない。それはそうだ。レギュラーをやめたのは新しい挑戦のためなのだから。新しいことはかなりのエネルギーを必要とする。走り続けていると気がつかないがかなりの疲労だ。

久々に訪れたタマンヌガラ国立公園は、六年前に来た時よりも何だか寂《さび》れているように映った。はげ落ちた看板も少なくない。時が経過しているのだから仕方がないのかもしれないが、何だか寂しく思えた。時が経ち朽ちてゆく姿を見るのは辛い。

六年前と同じ企画をやり、随分と自分が年老いたことに気付かされた。ジャングルであるから当然、楽な道のりではないが思った以上に疲れ果てた。そこに時間の流れを感じた。自分はこれからも歳をとっていくだろう。だが番組はいくら時間が経過しても老いて欲しくない。テラスでビールを飲みながらそう思った。

都会の喧噪の中、目まぐるしく時計の針がグルングルンと回転する日常生活。その中で僕らは必死に生きている。とにかく時間の流れが速い。

だが田舎の実家に戻ると感じる。時間が緩やかだ。のんびりとした日常は優しい気持ちにさせてくれる。ここだけは変わらないでいて欲しい。僕らにとって『水曜どうでしょう』という番組は田舎の実家なのだ。唯一安らげる場所。誰にも気兼ねしないで、素のままでいられる場所が『水曜どうでしょう』なのだ。

そんな実家に戻って来て、気持ちが楽になったのかもしれない。そういう時間が惜しくて疲れてはいたけど眠りたくはなかったのだろう。

誰も何も言わず、ただただ暫くビールを飲んでいた。それで充分だった。話さなくともいい。ただ、ゆっくりとした安らぎを感じ取れればそれで充分なのだ。先ほど口にした言葉が蘇った。

「ブレちゃいけないと思う……」

野暮なことを言ったなと思った。

そんなこと誰もが分かっていることなんだ。今更わざわざ言葉になんてする必要はない。多分、この頃、一番焦っていたのは僕だったのかもしれない。

13　自分ではなく誰かのために

子供の頃から夢であった映画監督になること。一一歳で八ミリ映画を作り、演劇を志しながらも頭の片隅には映像を作りたい欲求が常にあった。だから、自分の舞台では早くから映像を導入していた。今でこそ当たり前の様に、演目のタイトルをはじめ演劇で映像が使われることは珍しくない。いや、映像がない芝居の方が少ない。

「演劇に映像を使うなんて邪道だ」

とよく言われた。

でも怯むことはなかった。邪道、大いに結構。本来、正道を歩んで行くつもりなどない。地方で正道を説くのは意味がない。もともと中央で長い時間と経験、労力が重なり合って作られた道だ。それを地方の田舎者が真似をしても意味がないと思う。地方こそ邪道であるべきなのだ。

素人ながらCG制作にもチャレンジしたことがあった。とにかく映像を作りたいと考えていたのだった。

その思いが映画監督として叶ったというのに、どうも気分が晴れない自分がいた。

「また悩んでいるのか？」

自宅へと向かう車の中。ルームミラーに自己嫌悪の顔があった。

「驚かすなよ」

「そんなに驚いていないだろう」

「どうして？」

「スムーズな運転をしている。ブレーキも踏まなかった」

「ああ、まあ」

確かに、その時の僕は彼の登場を待ち望んでいたのかもしれない。手洗いをしている時の鏡。ショーウィンドウに映る自分の背後など、彼が現れないか周辺を気にしていた。

「順風満帆なんじゃないのか？」

「そんなことはない」

「少なくとも周囲はそう見てる」

「そうかもしれないが、相変わらずだよ」

「相変わらず？」

「わかっているだろう」

「そうだな」

暫く沈黙が続いた。いつもなら早々に何か助言をくれるのだが、ルームミラー越しの彼は外を眺めるばかりで喋ろうとはしなかった。

「何か言ってくれないのか?」

我慢出来ずに僕が口火を切った。

「何を?」

「さあ」

「別に」

「何か伝えることがあるから現れたんだろう」

「そうかな」

「じゃあ、どうして現れたんだ」

「どうしてだろう?」

「何だよそれ」

会話が絡まない。いつもの彼とは随分と様子が違うと感じた。腹立たしく思えるほどズバズバと歯に衣着せなかったのに何も言わない。それでも僕がしつこく言うとやっとボソボソと語り始めた。

「悩んでいるのは分かるよ。でも何を悩んでいるんだ?」

「え？　いや、それは」

はっきりと答えられない。

「そうだろう。何に苛立ち、何を悩んでいるのか本人も分からない。だから俺だって何を言えばいいのか分からないさ」

自己嫌悪の言う通りだ。目標としていたことの数々を実行し、周りもその行為に対しては評価してくれていた。これ以上何を必要としているのか。自己嫌悪はそう思ったに違いない。

当時の僕は焦っていた。何を焦ることがあるのか？　周囲にはそう見えただろう。まだまだ小さい小さい丘でしかないのに、その丘に一度上ってしまうとその景色に満足してしまう。周りにはまだまだ高い山がいくつもあるのにそこへ向かう気力を失っていた。その一方で、小高い丘からは降りたくない。今まで前へ前へとがむしゃらに進んできた。攻撃的であったのに、ここへ来て守りに入ろうとしていた。そんな自分を肯定も否定も出来ないでいた。

そう思った一番の原因は、自分への自信喪失があったのかもしれない。劇団をやめ、映像へと移行し三本の映画を作った。チャレンジではあった。だが結果が伴っていない。大失敗ではないのかもしれないが成功でもなく、もちろんヒット作にはなっていない。当時の僕は〝売れる＝成功〟という短絡的な方程式を信じていた。だから、そうなれない自分が歯がゆかったのだ。

もちろん、今はそんな方程式は信じていないし、自分なりのやり方を見つけたと思っている。でも、その頃の僕は随分とブレていた。

「何だかプラモデル作りのようだな」

自己嫌悪が言う。

「バラバラな部品を見ながら完成した時の姿を想像してワクワクする。事細かに説明書に目を通す。細かいパーツ一つ一つを丁寧に色を塗り、接着剤で慎重に合わせる。バラバラだった部品を繋ぎ合わせることで形が見えてくる。何だか、プラモデル作りに似ているように思う」

「プラモデル？」

「ああ、でもな。完成してしまうと、いつの間にか忘れられて埃をかぶってしまう。そんな感じなんじゃないのか。作る過程が楽しくて、出来てしまうともう何だかやり切った思いでいっぱいになる」

「プラモデルか」

「似ていると思う」

溜め息が出た。そして急に悲しくなった。

「それってアマチュアだよな」

と僕は言った。

「そうだな」

自己嫌悪は否定しなかった。

「作品そのものじゃなく、作品を作っていることで満足しているんだから」

「ああ」

「勝つことより参加することに意義がある」

「今でこそプロも参加するが、オリンピックはそもそもアマチュアスポーツの祭典だからな」

そう言うと何だか虚しさがこみ上げてきた。無我夢中で走ってきた末に、ぶち当たった大きな壁。それは何事もプロになろうとしてきたつもりだったのに、自分の中に大きく存在していたのは、ただのアマチュア精神でしかなかった。結局は地方という場で、ちょっとだけ頑張ったに過ぎない。その頑張りを過大評価していたのだ。未熟な自分が縁取りはっきりと露呈した。

車内には車のエンジン音だけが響いていた。

札幌市豊園通りを走り抜け、豊平区役所の前。環状線と交わる交差点を直進する。ここからは羊ヶ丘通りと呼ばれ、真っ直ぐ進むと札幌ドームがある。緩やかな上り下りの末、右にウインカーを上げた。あと二、三分で自宅に到着する。

後部座席に座る自己嫌悪は黙ったままだった。幾度かの右折左折を繰り返し自宅前で車は止まった。

「じゃあ、ここで」

自己嫌悪は車を降りた。それを僕はミラー越しに見送った。振り返ることはしなかった。

自室で僕は放心状態だった。何の感情もこみ上げて来ない。悲しくて悔しくて涙が流れてくれたならどんなに楽だっただろう。怒りが込み上げ、目の前にある物を投げ散らかしたならば、少しはスッキリしたのかもしれない。でも、僕はただただ呆然とするばかりだった。

「今まで何をやってきたのだろう」

それしか出てこない。

よくよく考えれば、それは自己満足に過ぎないのだ。作るという行為の満足は自己へ対しての思いでしかない。でも我々がやっていることは、いや我々だけではない。すべての行為は送り手と受け手が存在する。本来、送り手である人間は受け手のことを考え、何をすべきか何を作るべきかを考える。だが、その頃の僕は作ることしか考えていなかったのだ。自分しか考えていない。

根本的な欠如。それが自分を追い込んだのだ。自分のために自分の思うことをやり遂げた挙げ句、負の力も自分に跳ね返ってきたのだった。

同じ頃、会社ではある企画が進行していた。二年に一度開催する「CUE DREAM JAM-BOREE」というイベントだ。二〇〇四年のこの年は二回目の開催となる。初回は寸劇あり隠し芸的なネタありのバラエティショーであった。だが二回目、プロジェクトの中心人物である副社長からは思いもよらぬ言葉が発せられた。

「今回はライブをやろうと思うんだけど。芝居とかはなしで、純粋な音楽イベント。会場もZEPP。ライブハウスで」

僕は耳を疑った。そしてすぐに冗談じゃないと反対した。僕たちはミュージシャンじゃない。何枚かのCDをリリースはしていたが、それらは番組がらみの企画物だ。ミュージシャンの真似事のようなステージをやるのはもっての外。個人的には何よりも人前で歌うということに抵抗を感じる。

「何だよ、それ」

僕は即座に反対した。だが家内は続けた。

「うちのお客さんはね、お芝居とかに来てくれているけど、お芝居って客席に縛り付けられて一緒に盛り上がるとか出来ないじゃない。ライブだとステージと客席が一体となって一緒に盛り上がれるでしょう。お客さんもきっと、一緒に騒げるようなそんなイベントに参加したいと思うんだ。少なくともお客さんの立場で考えれば、そう思う。そういう意味で音楽イベントをやろうと思う」

彼女の言うことをすぐには理解出来なかった。何だよ、こっちはミュージシャンじゃないんだし……。頑に僕は反対した。

でも、あることに気付かされる。

「お客さんもきっと、一緒に騒げるようなそんなイベントに参加したいと思うんだ。少なくともお客さんの立場で考えれば、そう思う」

彼女の言った言葉。これなのだ。僕はあくまでも自分の立場でしか考えていなかった。自分はミュージシャンではない。自分は歌を歌うのが嫌だ。でも、お客さんは一緒に作り上げるようなイベントにも参加したいのではないか。

受け手を思っての企画なのだ。僕に足りないもの。僕が理解しなければならないもの。それがこれだった。

正直、こういう思いにかられたのは僕だけではなかったと思う。しかし、実際に蓋を開けてみると、想像出来なかった光景をステージから目の当たりにした。

いくつもの笑顔が客席で煌《きら》めいていた。両手を大きく振る人。歓声を上げて楽しんでいる人。汗だくになって踊っている人。

「そうか、これか」

と僕は思った。

独りよがりで煮詰まっていたことが、一気に晴れたような気分だった。そうだ、この客席にいる人たちに何を提供出来るか。何を作るかではなく、何を受け取ってもらえるか。そのことを考えてモノ作りにチャレンジしよう。そう思わせてくれた。

気のせいだとは思うが、盛り上がる客席に、全身真っ黒な衣装を纏《まと》った自己嫌悪が見えた。その後も何度か彼には会うが、あの時のことは尋ねていない。

14 韓国へ

二〇〇四年秋。僕は異国へ旅立った。すべての活動を停止し、勉強のため韓国へ行くことになったのだ。もちろん映画の勉強だ。

その年、弊社所属のTEAM NACSが活動の場を広げるため大手芸能プロダクションと業務提携することになった。その一環で新しい映画制作をその大手プロダクションに提案したのだった。

プロダクションの担当取締役をはじめ副社長、さらには会長までもが札幌を訪れ、札幌市内のホテルで会食をした席でのことだった。

「どこか海外で勉強してきたらどうだ?」

プロダクションの会長が突然言った。誰もが何を言い出したのか理解出来ないでいた。

「君はさ、助監督をやってきたわけでもないし映画は自分の現場しか知らないだろう。

今さら日本の現場に出入りするわけにもいかないだろうから、どこか海外の現場を体験してきたらどうだろう。ハリウッドか韓国なら知り合いに頼めるが行ってみるか？」

降って湧いたというより、ゲリラ豪雨のような予測出来ない言葉だった。僕は返答に困った。その場にいた人々も何と言っていいのか分からないでいた。

会長は話を続けた。

「本当は映画プロデューサーになりたくて、単身アメリカへ渡ったことがある。でも事情があって僕は日本に帰国した」

会長は一週間前、僕の最新作映画（当時）『銀のエンゼル』の業務試写に多忙の中、足を運んでくれていた。

「映画は人間を描くものだと思っている。君の映画でも人間を描いていた。僕は若い頃、志半ばで映画の道を断念した。だから、君みたいな人間を応援したい。いつか僕をカンヌの赤絨毯に連れて行ってくれよ」

とてつもなく大きな話に僕は尻込みというより動けなくなっていた。

「うちもさ、カミさんと二人でやり始めた会社だ。君たちを見てると若い頃の自分を思い出す」

そう言って笑った。

当然、即答出来ることでもない。当時、テレビやラジオでレギュラー放送を持っていたし、第一小さいながらも会社の社長なのだから「はい、行きます」と簡単には返答出来なかった。

それ以上に心配だったのは、実はいい歳をして海外で生活することが不安だった。片言の言葉しか通じない所に放り込まれる恐怖が先に立った。正直、あまり現実的な提案とは思えないでいた。

しかし、そんな思いを一掃させたのはやはり家内の言葉だった。

「私なら何も悩まずに行くけどな。四〇歳を超えて勉強出来るチャンスなんてそうそうないと思う。いいよ、こっち（日本）のことは何も心配しないでいいから」

ぐっと背中を押してくれた。確かにそうだ。何を躊躇している。それにこんな贅沢な体験は誰もが出来ることではない。四〇代。普通に考えれば働き盛りで週に一度の休日を取ることもままならない。勉強をしたくとも出来ない。

一気に目が覚め、海外へ行くことを決意した。そしてその行き先を韓国と決めた。若い世代を含めてハリウッドで修業をした人、している人は意外に多い。

しかし当時、『シュリ』に始まり『ブラザーフッド』や『ＪＳＡ』と韓国映画は勢いがあった。同じアジアで隣国である韓国がどのようにして急成長したのか？　さらには世代交代が行われ若い人たちが映画を作っていると聞いた。それならば韓国の方が面白いのではないかと思い、行き先を韓国と決めた。

具体的には『タイフーン』という映画作品の現場に同行するというものだった。韓国の有名俳優チャン・ドンゴン、イ・ジョンジェ主演で当時の韓国映画としては最高額の製作費をつぎ込む大作映画であった。監督はクァク・キョンテク氏。幼なじみの友情と数奇な運命を描いた『チング（友へ）』というヒット作を作っていた。僕も好きな作品だった。偶然にも、北海道エリアのみではあったが、この映画の宣伝に協力させてもらった。テレビCMやラジオCMのナレーションを映画監督鈴井貴之として行わせてもらっていたのだった。

これも何かの縁と思い、勉強させてもらうことを決意した。渡航するまでには半年間の猶予があった。その間にレギュラー番組を整理し、韓国語を習いにも行った。

一〇月の下旬。韓国は釜山《プサン》に向けて成田空港から旅立った。覚悟はしていたがいざ飛行機に乗ると不安と寂しさが募った。瞼に浮かぶのは仕事の仲間、会社の社員やタレントたち。そして妻とまだ小学生だった娘の姿だった。三時間もかからずして釜山には到着する。札幌から考えると、沖縄に行く方が距離的には遠い。そんな距離なのに異国ということだけで随分と違うものだと思った。

現場では関係者に迎えられ、ロケ現場に向かう前に宿舎に案内された。普通のホテルを想像していたら案内されたのはケバケバしいネオンに彩られたラブホテルであった。

「え？」

と躊躇する僕にスタッフはひょうひょうと
「ここです」

と告げた。

俳優は一流ホテルに宿泊しているが、監督を始めプロデューサーから助手クラスまで、貸し切られたラブホテルに宿泊しているという。

「ここじゃなくて俳優と一緒のホテルでも構いませんが」

戸惑っていた僕にスタッフは言ったが、監督もここに泊まっているのなら仕方がない。引きつった笑顔で了承した。聞く所によると、儒教の教えの影響なのか、韓国では親との同居が普通らしい。越境しての進学や就職ではない限り、一人暮らしの若者は少ないらしい。となるとデートの仕上げに男女が二人っきりになる場所としてラブホテルが多く存在する。当然、普通のホテルよりも安く泊まれるので、ロケ隊の宿泊先として使われるのは珍しいことではないそうだ。

若干の抵抗は感じたものの、これが住んでみるとビジネスホテルの比にならないほど便利で快適なのだ。

まずは部屋が広いしベッドが大きい。本来二人で使う物を一人で寝るのだから快適なのだ。同様に浴室も広々としているしジェットバスだ。さらに男性にとってありがたいことにその手のビデオが見放題。変な先入観を外せば、こんなに快適な住処《すみか》はなかった。

僕が行った時にはすでに一週間前からロケは始まっていた。宿舎であるラブホテルに荷物を置くと早々に現場に向かった。その日はちょうど夜のロケだった。釜山駅の裏手にある飲食街で撮影しているという。そこは通称ロシア人街と呼ばれていて、普通の人は足を運ばないような場所らしい。麻薬の売買、売春などが横行する治安が宜しくない場所だと説明を受けた。

「いきなりかよ」

気が重いが挨拶がてらに出向いた。

クァク監督は恰幅もよく非常に朗らかな方だった。僕より三つ年下であったが貫禄からかそうは見えない。笑顔で僕を迎え入れてくれた。

主演のチャン・ドンゴンもいた。

「日本から監督が来るって新聞で見ました。宜しくお願いします」

と紳士的に歓迎してくれた。どういうことか分からないが僕が来ることは新聞でも報道されていたらしい。他のスタッフにも紹介され、その日から撮影現場を体験することになった。

順調に撮影は進んでいるかのようだったが、深夜二時を過ぎた辺りで周囲が騒がしくなった。それまで営業していた飲食店が営業を終えシャッターを降ろし始めたのだ。店じまいをされたら撮影にならない。すでに撮ったシーンと繋がらない。広い引き絵では店が営業しているのに、アップになったら電気が消えてしまっている。風景が違ってしまう。あってはならないことだ。

助監督を始め制作部のスタッフは一軒一軒の店に交渉をする。事前に約束は取り付けていたらしいのだが、それを無視して閉店し始めたのだ。韓国の人は普通に話しているだけで喧嘩をしているような勢いがある。映画スタッフと飲食店従業員のやり取りが激しくなる。次第に人だかりも出来、騒々しくなっていった。

誰が通報したのか仕舞いにはパトカーまで出動してきた。映画スタッフも必死だ。だが埒があかない問答が続く。現場の空気は悪くなるばかりであった。

そこにやってきたのは黒塗りのベンツが二台。黒いスーツを着た数名の男が降りてきた。素人でないのは一目瞭然だった。男たちはシャッターの降ろされた店にそれぞれ入って行った。するとすぐにシャッターはガラガラと開けられ、消された明かりも点った。いつの間にかパトカーも消え、何事もなかったように撮影は再開された。

初日にして何だか凄い世界に足を踏み入れてしまったように思った。その後、撮影は日の出まで続いた。

宿舎に帰るとどっと疲れが出た。と同時にまたしても不安がこみ上げてきた。

「大丈夫なんだろうか」

特に期限は決めていなかったが最低でも半年は同行するつもりだった。出来ればクランクアップを見届けたいと。ただ初日にして達成出来るかどうか自信がなくなっていた。さすが外国。日本の常識とは違う世界に来てしまった、と痛感した。

翌日、案内してくれたスタッフは日本に戻り僕一人になった。三日後にはソウルから専属の通訳が来ることになっていた。専門的なやり取りもあるので、僕が習得した韓国語ではやっていけない。そこで通訳を付けてもらうことになっていたのだ。だが、この二日間は何もかも自分でやらなければならなかった。片言の韓国語と手探りの英語で何とかやりとりをする。多少は理解している映画の現場でも、どういう段取りで進行しているのか分からない。さらには誰に何を尋ねていいのか、いや何を尋ねるのかさえも分からない。言葉が通じないというだけで何も出来ない自分がいた。

現場に通う日々が始まった。ただ、あくまでも僕は部外者に過ぎない。やらなければならない仕事があるわけではなかった。自分に課すことは自分で探さなければならなかった。

ベースと呼ばれるテントの張られた本部。モニターが置かれ監督が鎮座する。その真後ろが僕の指定席だった。横には出番を待つ俳優たちもいる。そこで交わされる会話、監督は何をやろうとしているのか、目と耳を研ぎすます。言うなれば昔の芸人さんのように師匠は何も教えてはくれない。師匠の芸を見てひたすら、その芸を盗む。幸いなことに、この映画は簡易的にではあるが、撮った素材を現場ですぐに編集をしていった。監督の横で編集マンが即座に画を繋ぎ合わせていくのだ。だからイメージが少しでも違うと、すぐに撮影をし直す。その日その日に行われたことを、ノートに書き記した。何せ僕が経験してきた低予算映画と大作映画では方法論が違う。やったこともない見たこともない撮影が次々に行われていった。

釜山市内の幹線道路を完全封鎖して行われたカーチェイスは三〇名以上のスタントマンが、事細かに運転の段取りを確認し行われる。ちょっとでも誰かがミスをすれば大事故に繋がってしまう。

日本を離れての不安や寂しさがあったが刺激的な毎日だった。クァク監督の演出を見ながら、自分ならこうやるだろうとかシミュレーションも頭の中で繰り返し、必要な事柄はノートに記入した。そのノートは僕にとって教科書となった。世界に一つしかない僕だけの映画教本だ。今でもよく、そのノートを読み返す。

15　日本人

釜山に滞在して一ヶ月が過ぎたところで、ロケは韓国を出てタイで撮影が行われることになる。映画自体が韓国、タイ、ロシアに跨《また》がる物語であり、韓国国内で撮影が出来ない部分をタイ空軍の協力を得て撮影することになっていた。

一二月の前半は首都バンコク。後半はプーケット島に近いクラビーで、年が明けて一月からはパタヤ郊外の空軍基地で撮影が行われた。

一二月の下旬、僕は一時帰国した。三作目の映画『銀のエンゼル』が公開になるので、その舞台挨拶などをしなければならないからだ。

バンコク空港。スタッフは国内線でクラビーへと向かった。僕は国際線で日本へと帰国したのだった。その一二月二六日。死者、行方不明者二二万人以上と記録されるスマトラ沖地震が発生した。ロケ隊の撮影もインド洋沖で行われていた。すぐにロケ隊とは連絡がとれ無事であることは確認出来た。しかし、もしかしたら被災していたかもしれないという。

地震が起こる前日。撮影は遅れ、予定していたカットを撮り終えていなかった。本来であれば、その日に移動するのだが、滞在を延期して残ったカットを撮影しようとスタッフは準備していたらしい。しかし監督は、取り残し部分は撮影しないと判断を下した。カメラマンは延長してでも撮影すべきだと主張したそうだが、監督は移動することを優先させた。撤収作業などに追われバスで移動を始めたのはその日の夜遅くだったと聞く。その翌朝に地震が起きた。もしも監督が撮り続けると言ったならばどれだけの被害を受けたことか。もしかしたら映画そのものが中止になっていたかもしれない。偶然なのかもしれないが、クラビーでの撮影を終えたその日は一二月二五日。クリスマスだった。

現場では監督の気遣いもあり、人々は快く僕に接してくれたし若いスタッフともよく酒を飲みに出かけた。一〇〇名以上もいるチームであったが、日本語を理解出来る人が五人ほどいたし、助監督の一人は日本の大学を卒業していてペラペラだった。日を追うごとに不自由さはなくなっていった。何よりも専属の通訳がいたことは心強い。一方で残念なことにそれはせっかく覚えた韓国語を話す機会も減らしていくことになる。

韓国のスタッフはとにかく日本を意識していた。若いスタッフは僕より日本の俳優やアイドルに詳しかった。ジーンズを腰穿きしているスタッフは、自分のことを「日本スタイル」と言っていたし、貪欲に日本の情報を僕から得ようとしていた。新聞社の意識調査などで「日本は嫌い」と答える人は多いのかもしれないが、誰もが日本のことを気にし、日本のことを知っている。逆に日本人はあまりにも韓国のことを知らないのではないかと思った。そう強く思わせる事件が後に起こる。

二〇〇五年の三月。撮影は高興《コフン》という小さな町で行われた。韓国名産のゆず茶の産地とも知られ、韓国の宇宙センターがある場所だ。その宇宙センターの格納庫に海賊船の一部が設営され撮影が行われた。畑が広がる緑豊かな田舎町で、季節柄いたるところにサクラの花が咲いていた。

どうも日本人である僕はサクラ＝日本というイメージがあるのだが、韓国でもサクラが満開だった。それはもしかしたら日本の支配下にあった時代に、日本人が植えたものなのかもしれない。それとも元々、韓国にもサクラが古くからあったのか。国境は人間が引いたものだが、動植物の生息域に人間は線を引くことは出来ない。そういうことかもしれない。

ある日、今まで友好的であった撮影現場の空気が一変した。

いつもにこやかに挨拶してくれていたスタッフが僕を無視し始めた。監督だけはいつもと同じだったが、みながみな僕に対して素っ気なくなった。監督の隣にいつもいる編集マンは言った。

「この時期、日本人が一人でここにいるって勇気がありますね」

凄い皮肉だった。

北緯三七度一五分、東経一三一度五二分。日本海。隠岐《おき》諸島の北西に竹島という小さな島がある。この島に関しては日本、韓国、それぞれが領有権を主張している。日本は竹島と呼ぶが、韓国は独島《トクド》と呼んでいる。

この三月、島根県が条例で二月二二日を「竹島の日」とすることを制定した。この一件は韓国国内で激しい抗議運動が起こり、反発は相当なものだった。日本でもニュース報道がなされた。ソウル市議会議員が島根県議会前でカッターナイフを出し日本警察に取り押さえられたりと、記憶にある方もいるだろう。多分、日本にいたならばニュース報道の一つとしか認識していなかったのかもしれない。北海道には北方領土問題があるが、韓国や中国との領土問題に関しては恥ずかしながら疎い。

この竹島問題が勃発すると韓国人スタッフの態度がガラリと変わったのだ。何かと気に掛けてくれていた助監督は僕に近づこうとしない。通訳の韓国人も心配した。

「何人かのスタッフに言われました。鈴井監督は竹島問題をどう考えているのか。日本人の意見を直接聞きたいと」

どうしたら良いのか分からない。第一、その竹島問題の主張さえ知らない。両国はどういう点で争っているのか。歴史的にはどうだったのか。全く分かっていなかった。分かっていないのに意見を述べるわけにもいかない。しかも、通訳までも

「独島《トクド》は韓国の島です。どうして日本人は無理矢理、自分の領土だと言うのでしょう」

と主張した。

完全に孤立していた。

簡単に言い切れる問題ではない。領土問題は、それぞれ両国の歴史を振り返らなければならない。そこには悲しい歴史もある。人それぞれの見解があるだろうが、僕個人としては韓国を始め中国やアジア諸国に対し、軍事力という暴力をもって支配した横暴があったと認めざるを得ないと考える。さらにはその後の歴史的認識にも誤りがあるのではないかという疑問を持っていた。

ただ、竹島問題は僕にはまったくの盲点で、無知極まりない。現場の空気が変わったその日、僕はインターネットで徹底的に竹島について調べた。僕はスタッフと議論するつもりはなかった。僕が韓国に来た目的とは違うから。万が一必要に迫られた場合、何も言えないバカな日本人だけにはなりたくないと必死に自分なりの考えをまとめた。

今はどうか知らないが、通訳に聞いた話では韓国での教育は、一つの国定教科書によるもので、みなが同じ考えのもとに学んでいるという。教科書の中にも竹島（独島）は

韓国の領土であると明記されているらしい。幼い小学生の時に刷り込まれた意識は疑う余地がないと言われた。

翌日も現場の空気は変わらない。誰も僕に話しかけない。通訳さえも必要最低限のことしか言ってくれない。孤独感が募る。僕が何をした？　僕の責任なのか？　僕は犯罪者か？

現場での食事は弁当とかではなくケータリングで用意される。社員食堂のような感じだ。トレーを持ち順番に並ぶ、スープや総菜が流れ作業で置かれていく。いつもそうだからみな順序良く並ぶ。ちょっと前までは僕が並ぶと、みなが僕を先に入れてくれた。しかし、今は違う。助手に混じって並ぶしかない。さらには僕の前に、わざと横入りをしてくる。今までなら一緒に並んでいる通訳が何か言っただろうが、彼女も見て見ぬ振りをする。用意されたテーブルにも空きがない。お客様である僕にはスタッフがいろいろと配慮してくれていた。席がなければ詰めたり、わざわざ空けてくれたり。でも今はそういうことはない。仕方なく草むらに腰を下ろして食事をとった。いつも一緒に食事をしていた通訳は僕からはなれたところで食事をしていた。彼女さえも僕の側にはいたくないのだ。一人、地べたに座り食事をとった。

露骨な無視は骨身に沁みた。一《いち》人間として映画を学ぼうと思って韓国へ渡ったのに、日韓の根源的な問題で関係は悪化した。そして日本人と韓国人の考える両国間の問題というのは、想像以上に韓国側はナーバスであった。日本人はあまりにも隣国のことを知らな過ぎる。無頓着だ。そう痛感した。

稚拙な表現ではあるが、やった方は忘れても、やられた方は一生忘れてはいない。そういうことなのではないかと思った。

高興の町でも同じような体験をした。撮休。撮影が休みの日。その日ばかりは自由行動になる。通訳を同行させるのも遠慮する。だから一人で行動することにした。お昼近い午前に起床し、町を歩く。ものの三〇分も歩けば町外れにたどり着いてしまうような小さな町だった。それは逆に長閑な時間を過ごせる。

午後になり小腹も空いた。何軒かしかない食堂の扉を開ける。店の従業員は笑顔で僕を迎えた。席に付き、オーダーをする時点で従業員の顔が曇った。頑張って会話する韓国語は、その意味が通じても外国人であることは隠しきれない。同じような東洋人で外国、となると彼らの選択肢は〝日本人〟しかなかった。それは正解ではあるのだが、竹島問題の最中では日本人は敵なのだ。敵が乗り込んできたというのはオーバーかもしれないが、すぐさま、お前に食べさせるものはないと言われた。

「え？」

と戸惑う僕の腕を掴んで扉の外に連れ出した。何が起きたのか分からない。こういう時に人は怒りを覚えない。

「なに?」

というのが素直なリアクションだ。

店を出され、今までのことを考えると納得ができた。その後も三軒、同じような仕打ちを受けた。話に聞くとソウル市内などでは観光に特化しているので、そんな仕打ちを受けることもなかったようだが田舎は違った。露骨に拒絶反応があった。

これがリアルなんだ、と僕は思った。僕個人ではない国家や集団が作り上げたものを、それに属する人間としては、自分の意思に関係なく受け止めなくてはならない。そういうことを経験した。僕は日本人であることを誇りに思うし、日本に生まれて良かったとも思っている。だが自分が日本人であること、というのを真剣に考えたことなどなかった。自分が浸っているその場所に満足してきたように思っていた。

結局、昼食をとることの出来なかった僕は、スーパーマーケットで出来合いの総菜等を買い求め宿舎でランチをした。それは味気ないものだった。

僕たちは自分が思っている以上に、目に見えないしがらみに縛られている。それは仕方のないことだ。どこの国家にも組織にも属さない人間などいないのだから。でもどれだけの人がそのことを理解しているのだろうか。自分の立ち位置をはっきりと認識する。当たり前のことだが、それがなされていない。漫然と毎日を過ごしている。

無視されることは辛かった。激昂して捲《まく》し立てられたなら応戦も出来る。無視はなす術がない。海外で一人きりだった。誰も助けてはくれない。こんな経験は初めてだった。逆境に陥った時、必ず誰かが手を差し伸べてくれた。それで僕は救われてきた。それが今回に限って救世主はどこにもいない。初めて現状を自分自身で打開しなければならなかった。

一週間後、クァク監督が空気を察知し

「鈴井監督は日本人だが、竹島問題とは何ら関係がない。彼に竹島問題を重ねるのはナンセンス。今まで通り彼に接して欲しい」

と言ってくれたという。それで少しばかり空気は緩和されたが、わだかまりはクランクアップまで解けなかったように思う。それが日韓の関係なのだ。今、ここに記したものはまだまだ導入に過ぎない。公にして良いこととそうではないことがある。この韓国での映画体験、そして時を同じくして起きた竹島問題は、僕に与えられた大きな試練だと思っている。

16　ウラジオストック

映画『タイフーン』の撮影は六月。場所をロシアのウラジオストックに移した。ここでほぼ一ヶ月の撮影が行われる。

事前にロケハンをしてた助監督からは、とにかく治安が悪いので夜には出かけないでください、と言われた。助監督の一人がひったくりにあったらしい。背後から男が近づき、カッターナイフで鞄の肩ひもを切られ奪われたのだ。一瞬のことで何も出来なかったと言っていた。特にアジア人がターゲットになることが多いので気をつけるよう言われた。確かにロシアは大国ではあるが未知の国である。

初日、ホテルに到着早々に達しがあった。本日、一四時から一七時まで自室を出るなというのだ。なんでも地元マフィアのパーティが宿泊先であるこのホテルで行われる。だから部屋で大人しくしていろというのだ。

「おいおいおい」

とのっけから突っ込みたくなるような話だ。

だが従わなければならない。大人しくその日の午後はあてがわれた部屋にいた。退屈な数時間を過ごさなければならなかった。退屈しのぎに窓の外を眺めた。都合良く部屋はエントランスの真上に位置していたので来客が観察できた。マフィアのパーティ。当然、そういった輩が現れる。日本の概念では黒塗りのベンツが次々に来るのだろうかと思われたが違った。同じく黒塗りでも我が日本車。トヨタのランドクルーザーが次々とやって来る。当時のウラジオストックではランドクルーザーがステイタスだったらしい。運転席からは高級そうなスーツをきた恰幅の良い男が降りてきた。正装した男性の横にはドレスを纏《まと》った女性。後部座席からは大きな花束が取り出される。リピートシーンを見ているかのように同じ光景が続く。そして最後に現れたのは五台のパトカーだった。日本でもよくある。そういった会合には警備で警察が来ることがある。しかし、様子はちょっと違った。パトカーの後部座席から降り立った男は、今までホテルに入ってきた男に勝るとも劣らない正装をしていた。女性こそ同伴してはいなかったが大きな花束をパトカーのトランクから取り出した。

「え?」

と思ったが、状況をすぐに理解した。

「こういう国なのか」

と。そんな光景を見るともう外へ出る気にはならない。その日は部屋で大人しくしていた。

さらに週末になるともっと信じられない光景を目の当たりにした。ロケが終わりホテルに戻ってきた。ロビーを抜けエレベーターで自分の泊まる七階まで移動する。エレベーターは七階で止まり、扉が開いた。エレベーターホールは安っぽい香水の匂いで溢れ、むせかえりそうになる。下着と見間違えそうになるぐらい胸元が開き、短スカートで大腿部を露《あらわ》にした女性が三人たむろっていた。

「?」

と気にはなったが僕は部屋を目指す。しかし
「へーイ」

と三文芝居でも言わないような言葉で呼び止められた。

「アンニョンハセヨ、コンニチハ、ニーハオ」

何を言ってきたかすぐには分からなかった。相手は僕がアジア人であることは認識したが、韓国人なのか日本人なのか中国人なのか分からず、その三ヶ国の言葉で挨拶してきたのだ。呼び止められた意味がわからない。またしても、

「?」

という表情を見せると。ニヤリと笑い

「Let's play」

と今度は英語で言ってきた。英語なら、どの国でも通じると思ったのか、それとも日本語や韓国語は挨拶しか知らないのか。

厚い化粧をしているが、よくよく見ると随分と幼い。一八？　一六？　外国人だからもしかしたら一四歳くらいかもしれない。他の二人も同じぐらいの年齢だろう。もう疑問符は現れない。彼女等が何者であるかは歴然としている。

ネオンが眩い繁華街や路地裏。せめてホテル前の道端ならまだ分かる。しかしホテルの内部、しかもロビーではなくエレベーターホールだ。後でスタッフに聞くと他の階にもいたそうだ。信じられなかった。場所もそうだが、まだ子供と見受けられる少女だったことはやりきれない思いになる。そういう少女が存在するということは、需要があるということだろう。

日本でも少女たちによる援助交際の話は社会問題になっている。以前ラジオパーソナリティをしている時に、何件か実際に援助交際をした女の子の相談を受けたこともあった。僕の処女作である映画『man-hole』での主人公はデートクラブにいる女子高生だった。その映画を制作する時に、知人を介して援助交際をしていた女性に話を聞いたことがある。彼女は言った。

「私は誰にも愛されていない。いつも寂しかった。だからです」

人間関係の希薄さ、親からちゃんと愛されていない結果として、そのような行為に及んだ。このことを肯定するつもりは毛頭ないが、ウラジオストックのホテルで見た少女の笑顔は違うように思えた。悲壮感など微塵もない。多分、罪の意識などないのだろう。疑う余地などない。そうすることが生きることと同格に位置する。少女たちがそうなったのではない。社会がそうさせてしまったのではないかと思えた。

もちろん彼女等の誘いを断り部屋に入る。無意識で施錠をした。今見て感じた現実を遮断したかったのだと思う。異国であるから細かいことは分からないし、そういう少女をどうすることも出来ない。いや、彼女たちは多分、疑問をもっていないだろうから、救われたいとも思ってはいないだろう。価値観が全く違うのだ。自分が今まで得た道徳観はここでは何の役にも立たない。

「ボクハ　ドコニ　イルノダロウ」
「ホクハ　ナニヲ　シテイルノダロウ」
「ボクハ　ボクハ　ナニモノナノカ」

日本を離れて八ヶ月が過ぎていた。ウラジオストックに梅雨があるのかは知らないが、重い雲が立ちこめ、傘を差すほどでもない厭らしい小雨が毎日降り続いた。六月だというのにみな、綿の入ったジャケットを着ている。

シベリア鉄道の終着駅であるウラジオストックは、モスクワから九二九七キロ離れているが、東洋人からしてみればヨーロッパの雰囲気が感じられる美しい街だった。ただそれはあくまでも街の中心部だけであって、ロケが行われたのは貧民街であった。中国や北朝鮮の国境に近く、密入国者も多いと聞いた。ロシアの警察が警護に当たっていたが、僕の中では警察さえも信用出来ない。何が起きるか分からない。韓国スタッフにもいつもと違い緊張感があった。彼らにも異国であるのだからそうだろう。

ウラジオストックでのロケが一週間過ぎた日。朝から監督の表情が優れない。何でもその日の撮影終了後、町の有力者と会食しなければならないらしい。その有力者というのがマフィアのボスだというのだ。そういう人に挨拶をしておけば、何かあった時には力になってくれる。この映画に参加した初日のことを思い出した。釜山駅裏のロシア人街だった。揉め事を抑えたのは警察ではなく、黒塗りのベンツに乗ってきた男たちだった。その方程式はここでも有効らしい。マフィアからの要望は、監督とチーフプロデューサー、それと主演俳優の二人。マネージャーは同行してはいけない。四人だけで来いとのことだった。映画でよく見る取引を行うような感じだった。

気を重くした監督をカメラマンや編集マンは面白がったが、本人は本当に嫌そうだった。

偶然なのかどうなのか真相は分からないが、その会食が行われた翌日から、撮影隊が移動する際、パトカーが先導するようになった。前に二台、最後尾に一台。信号が赤でも撮影隊は通過することが出来た。パトカーが先導していたからだ。俳優が乗る車にスタッフの乗る大型バス。機材を積んだトラック。車両はパトカーを含めて一〇台以上。毎日がパレードだった。

信じられない光景がもう一つ。ウラジオストックを走る車だ。そこには多くの日本語が見受けられた。〝カン○ルー便〟〝フット○ーク〟〝根室○油〟〝浜名湖名産　鰻の○○屋〟大型トラックの五台に一台は日本語が表示されていた。このことがどういうことなのかまではよく知らないが、何だか不思議な世界だった。

さらに旧跡・史跡での撮影の時、そこには戦時中に使われたという砲台があり、大砲も錆び付いていたが残されていた。韓国人スタッフの誰かが言った。

「これが向いている方向、日本だよな」

何故かその時に限って、韓国語がはっきりと聞き取れた。高興での竹島問題しかりウラジオストックでの砲台しかり、日本人としての認識の甘さを痛感した。

僕は右の人間でも左の人間でもない。だが、日本の概念が通用しない海外で生きていく上では、日本のことをもっと知っておくべきだと思った。ついつい自分のまわりのことは後回しにしてしまう。それが日本人の美徳でもあるのかもしれない。だが海外にいる場合は別だ。自分をしっかりと認識しなければならない。あらためてそのことを教えられた。

ウラジオストックでの一ヶ月間は辛かった。地図で見ると北海道はすぐそこだ。東京よりも近い。なのに僕は疎外感を人一倍感じていた。そして思った。

「ボクハ　ナニヲ　シテイルノダロウ」

映画監督としてスキルアップするために日本から旅立ったのに、悩みに悩み抜いた。自分が分からなくなり自分を見失うのだった。韓国へ旅立つのと時を同じくして、僕は小説を書こうと考えていた。時間は充分にある。出版社の編集者とも入念に打ち合わせを重ねやってきた。実際に時間があるとパソコンを開きキーボードを叩く。撮影が休みの時は取り付かれたかのように一日中、本を書いていた。何かを形にしなければ不安だったのだろう。そして一つの小説を書き上げる。

これを書き上げ出版しようという話にまでなったが、僕が待ったをかけた。本にはしたくないと言い出した。何かに取り付かれたようにして書いた作品なのに、それを公にすることに抵抗を感じた。僕は何をすべきか自分自身で強く迷っていた。どこに進むのか。道を見失ったのだ。その思いはそれ以降もずっと続く。

韓国・釜山に戻り八月。映画『タイフーン』はクランクアップした。これで一〇ヶ月にわたる僕の旅も終わる。実に沢山の出来事があった。日本にいたら分からないことを多く知った。映画を作ることに関しても新しい考えが芽生えた。ただ、余りにも多くのことを得たがために僕は混乱した。

クランクアップの翌日に僕は帰国する。それは決して晴れ晴れとした気持ちではなかった。帰国しても暫く、経験したことを整理するのに時間を要する。いや、今も整理し切れていないのかもしれない。それだけ貴重な体験になったことは事実だ。このような体験をさせてもらった関係者には今も感謝している。もちろん背中を押してくれた妻にも感謝している。

偶然にも、二〇〇五年は日露戦争終結から一〇〇年。日韓国交正常化四〇周年の年であった。

「ボクハ　ナニヲ　シテイルノダロウ」

17　帰国後の葛藤

帰国してからも僕は煮え切らなかった。周りは分厚い企画書の一つも早々に提出してくるのだろうと思っていたようだが、僕は動かなかった。韓国での体験は貴重なものであったが、それ相応のダメージも受けていた。自分の無力さ、このまま表現者としての道を歩むべきだろうか、と根源的なことさえも疑い始めていた。

さらに帰国した僕を待ち構えていたものは〝期待〟であった。体験してきたことの〝成果〟が要求された。スキルアップするために韓国へ行ったのだから当たり前のことであるのだが、僕は怖気付いていた。失敗は出来ないというプレッシャーがのしかかる。何が成功で何が失敗なのか？　単に興行成績で判断するのか、それとも海外の映画祭で入賞するのか？　どういうことなのかは分からなかったが、見えない重圧に押しつぶされてしまいそうだった。

「思うところがあるので、もう少し時間を下さい」

そう言って僕は現状から逃げた。相変わらずの小心者。煽てられればホイホイと木に登るくせに、調子に乗り過ぎて実力以上にドンドンと登ってしまう。そしてハタと気付く。「こんなに高かったの?」そこからはもう、どうすることも出来ないのだ。もっと上へ行く覚悟はないし、降りる勇気さえない。木にしがみついて「どうしよう、どうしよう」と呟くだけなのだ。それでも、今までは翼を大きく広げた鳥が僕を助けてくれた。かつてはそうだった。だが今回は様子が違った。日が暮れようとも助けてくれる鳥は飛んで来ない。自分自身で現状を打破するしかない。でも、その勇気が僕にはなかった。

その頃、弊社所属のTEAM NACSは全国進出の先駆けとして、全国公演を行っていた。TEAM NACS全国公演『COMPOSER ～響き続ける旋律の調べ』九月二日。札幌で行われた千秋楽を全国主要都市に生中継するクローズドサーキットが行われた。弊社のタレントは各地に飛び、そのイベントの司会進行をする。社長である僕は東京会場担当だった。日比谷公会堂。昼過ぎには会場入りした。段取りを確認しリハーサルを終え、本番を待つ中、ある男性が僕の元を訪れた。

韓国行きを進めてくれた大手プロダクションの会長だ。彼はいつもの優しい笑顔で再会を祝してくれ、すぐに言った。

「映画の企画はあるのか?」

「いや、あの……」

心臓がバクバクした。どう答えてよいものやら悩んだ。

「やるんだろう、映画」

「はい。ただ、ちょっと考えたいことがあって」

「考えたいこと?」

「見聞きしてきたことを整理する時間が欲しいんです。もうちょっと時間を下さい」

「そうか、分かった」

多分、僕の思っていることなど簡単に見透かしていたと思う。今は埒が明かない。そう判断したのか、それ以上のことは何も言われなかった。僕は心の中でひたすら「すみません。すみません」と繰り返していた。

大きなスクリーンではTEAM NACSの芝居が始まっていた。映像であるにもかかわらず観客席は笑い声がこだましていた。たったの一〇ヶ月間、日本を離れていただけなのに彼らの成長が眩しく、かつ羨ましく思えた。その年、O泉洋は『救命病棟24時 シーズン3』にレギュラー出演しており、メジャーの階段を着実に上っていた。

北海道初の五人組。演劇ユニットTEAM NACS。それは業界でも注目の的であった。そのことは話には聞いていたが目の当たりにしたのが日比谷でのイベントであった。

その傍ら、僕はといえば出口の見えない迷路に自らはまりもがいていた。正直、彼らの活躍は僕を焦らせた。早く答えを出さなければと。でも何も出来ない。気持ちが金縛りになっている。以降、煮え切らない日々が過ぎていった。

僕はススキノからの帰り道、自宅までよく歩いたりする。いろいろと考えたい。かつて僕らの舞台照明をしてくれていたK川という人がいた。彼は照明マンになる前、学生時代には自分も大学の演劇部に所属し舞台に立っていたという。

札幌の小劇場でプロの照明マンと仕事をしたのはOOPARTSという劇団の前身である487PARACHUTEという劇団であった。当時は音楽のライブか、と言われるほどの照明を吊り、札幌では演劇にムービングライトを導入したのも487PARACHUTEが初だった。なんのことはない。僕が初物好きだっただけの話だ。

そのK川氏は単なる照明マンに留まらず、僕らの芝居にアドバイスしてくれたり人生の先輩としても相談にのってくれていた。彼から一度だけであるが手紙をもらったことがあった。487PARACHUTEの第二回公演『grass』という芝居の初日を終えてのことだった。初回の公演が好評で二回目の公演は連日超満員で一〇〇〇人以上の観客を動員した。今はもうないが札幌本多小劇場という劇場だった。下北沢の本多劇場と同じ系列の劇場だ。観客数は飛躍的に伸びたが、お客さんの反応が今までとは違った。初演は爆笑の渦に包まれていたが、今回はシーンと客席が静まり返っていたのだ。板に立っている者は僕を含めてみなが不安になった。その時に彼が手紙をくれたのだ。

「笑いだけが、観客の反応ではない。観客は物静かだが、君たちの芝居の深さを受け止めようとしていたに違いない。前回よりも確実に大人の芝居になったのだ。だから自信をもって芝居をして下さい。僕はよく劇場から自宅まで歩くことがある。それは、自問自答しながらであったり、喜びを少しでも長く感じていたかったり様々ではあるけど、歩くんだ。歩いている時間にいろんなことを考える。（中略）僕は舞台にはいない。ましてや客席の最後方にいる。でも僕は照明という役者だと思っています」

この手紙の文章は宝物の一つであると思っている。彼に影響されて時々、歩く。ススキノから自宅までは約六キロ。早くても一時間半。時には二時間近くかかる。豊平川に架かる南七条橋を渡り、平岸街道を南下する。

気がつくと同じ歩調で歩く影が見えた。

「ああ、あいつか」

と僕は思った。普段ならば鬱陶しい存在に過ぎない自己嫌悪だが、今夜に限っては歓迎したい気分だった。僕は足を止め振り返る。自己嫌悪は、苦笑しながら僕の横に並んだ。

「そろそろかなと思っていた」

と僕が言うと自己嫌悪は

「期待されると現れにくいな」

と言った。やはり奴も天《あま》の邪鬼《じゃく》だ。これでこそ僕の分身と、何故かその夜は彼を全面的に肯定していた。

「お前にはお前の立ち位置があるんじゃないのか」

いきなり自己嫌悪は本題を切り出した。

「いい歳したおっさんが若い者に嫉妬するなんてみっともないよ」

「嫉妬なんかしてないさ」

「嫉妬だよ。もう少し若ければなあって思っている。そんなことみんな思ってるさ」

図星だった。どうして僕には導いてくれる先輩がいなかったのだろうと恨めしく思っていた。でもしかたがない。そういう土壌がもともとなかったのだから。開拓することから始めなければならなかった。それはこの北海道という地に入植した先民がみな考えたことなのだろう。

「お前はお前だ」

「そんなこと分かっている」

「分かっていないと思うよ。お前さ、お前って天の邪鬼じゃん。そういう奴って誰かが切り開いた道を歩くのは嫌なはずだ。自分の道は自分で切り開くって、力もないのに言っていた。それがお前だろう」

「大きなお世話だ」

「だってそうじゃない。結局はさ、メジャーに憧れてもメジャーにはなれない人種なんだよ。そういう質《たち》なの。あくまでもサブカルチャー。サブなわけ」

カチンときた。何を知ったかぶって言うのだろうと思った。しかし、彼はもう一人の自分でもあるのだから、その言葉には裏打ちがある。もう少しだけ彼の話を聞いてみようと思った。

「所詮地方で頑張ってきた兄ちゃんでしょう、あんた。それ以上でもそれ以下でもない。身の丈を分かりなよ。いいか、誤解しないで聞いて欲しいんだ。お前は地方の人間。大学受験も失敗し東京に強烈なコンプレックスがある。東京に負けるもんかって常に考えている。それは良いと思うよ。気骨があって。だから、その精神を貫けばいいんだ」

「?」

「ほら、自分が一番、分かっていないね」

「何を?」

「無謀だ。絶対に無理だと周りに言われてもめげないでやってきたじゃん。その時はどう思っていた」

「はあ?」

自己嫌悪が何を言いたいのか分からない。

「成功しようとか、そんなことは先のまた先のことだったじゃないか。まずは〝どうやったら始められるか〟そのことで精一杯だった。違うか?」

「まあ、そうだけど」

「その時、結果なんて考えていなかっただろう?」

「……ああ」

「それがお前じゃないの」

「うん?」

「だからさ、お前は結果を考えるようになっちゃダメだよ。一人、ドリブルで切り込んで行くのがお前のプレースタイルじゃん。それが今はバックパスばかりしてフォーメーションを気にしている。確かにそういうやり方こそがスタンダードだと思う。でもお前は違う。お前はスタンダードと対極にいるから、お前らしくいられたはずだ。それがいろんなことを経験して大人になった。でも、それは違うと思う」

「……うん」

「本当はダメだと思うよ。会社の社長でもあるんだから、後先考えずに行動しちゃ。結果をちゃんと出さなければいけないという考え方は社長としては正しい」

「どっちだよ。言っていることが矛盾している」

「だから悩んでいるんだろう」

「まあ、そうだけど」

住宅街の明かりが見えてきた。あの明かりの中に僕の家もある。自己嫌悪が言ったことはもっともで、僕自身もそうは思っていた。ただ、簡単に答えが導き出せる問題でもない。この先もまだ暫く迷うのだろうと思った。この道をあとどれくらい歩くのだろう。もしかしたら一生、事あるごとに歩くのかな？と思った。生きていくということは、そういうことかもしれない。

「ボクハ　ナニヲ　シテイルノダロウ」

答えは出てこないが、ゆっくりと考える余裕だけはちょっと出てきた。

18 TEAM NACS

TEAM NACSの五人が弊社㈱クリエイティブオフィスキューに揃ったのは二〇〇〇年のことだった。僕の初監督作品『man-hole』で五人一緒のシーンではないが全員が出演した。これが所属第一弾の仕事だった。Y田顕は主演の警察官。O泉洋も準主役。O尾琢真はバイクに乗るひったくり犯人。ちなみにバイクに乗っているのはスタントマンで、ヘルメットを取ったシーンからO尾である。T次重幸は蕎麦屋の配達員で出ている。M崎博之は警察官役で出てもらう予定だったが、警察官の帽子が被れない。彼の頭が大き過ぎたのだ。これでは制服警官役はやれないと、背中に「POLICE」と書かれた濃紺のジャンパーを着用した、刑事なのか何かよく分からないが警察関係者（?）として出演している。

そもそもはY田顕が僕の劇団OOPARTSの一員であったことから始まるのだが、何故、Y田顕はOOPARTSの劇団員になったのか。そのことに係わった重要な人物がいた。それはTEAM NACSのリーダーM崎博之だった。

大学の演劇研究会で部長を務めていたM崎とはテレビ番組などのエキストラ出演がきっかけで知り合った。北海道テレビの『モザイクな夜』で人手が必要な時、番組スタッフが演劇研究会に声を掛けたのだ。TEAM NACSが誕生する前、演劇研究会の舞台を観に行ったりもしていた。

そうしている中で、僕はM崎に声を掛けた。

「OOPARTSに参加してみないか」

と誘ったのだ。

M崎は興味があると言い、劇団の稽古に参加することとなる。

豊平川に面した四階建ての小さなビル。その三階部分が稽古場だった。トレーニングウエアに着替えたメンバーの中にM崎もいた。今同様、誰よりも大きな声を張り上げ元気いっぱいだった。当時、寿司屋でバイトをしていた彼は、まるで酔っぱらいのお父さんがお土産で持ち帰るような寿司折を持って来てくれた。僕を含め貧乏な劇団員はそれを喜んで頬張った。

彼は本当に元気で明るかった。その明るさは周りにも及び、彼が稽古に参加するだけでその場が華やかになった。何日か過ぎたある日。いつものように稽古場にやってきた彼は精彩に欠けていた。いつもの明るさがなく、どんよりと雨雲が掛かったような顔を見せていた。

「ちょっと、お話があるんです」

かしこまった彼が僕の前に、その大きな顔を見せた。

「何？」

「実は……」

言いにくそうだ。

「どうした？」

「実は鈴井さんの他にも違う劇団に誘われていたんです」

僕も知っている劇団の名前を彼は口にした。

「そうなんだ。君も大学の演劇研究会があるから、他の劇団二つ、三つを掛け持ちするわけにはいかないだろう」

「……はい」

「で、うちとそこの劇団、どっちから先に声を掛けられたの？」

「それが、先方の方でして」

「そうか」

「……はい」

「じゃあ、そっちに行くのが筋だな。先に約束をしていたんなら」

「すいません」

「残念だけど仕方がない」

「あのう、僕の代わりと言ったら何ですけど、うちの演劇研究会にY田ってのがいまして、そいつをOOPARTSに入れてもらえませんか」

これがきっかけだった。

M崎博之にとってはたった一週間程度の入団であったが、彼と入れ替わりで入ったのがY田顕だ。この出来事があり、今日のTEAM NACSとの関係が出来上がる。何とも不思議な出会いだ。もしも、あのままM崎博之が劇団にいたらどうなっていたのだろう。僕も六人目のナックスとして一緒に舞台に立っていただろうか。いや、違うと思う。我の強い僕は彼らを完全なる支配下に収めてしまっただろう。僕もまだ若かったし。そうなるとTEAM NACSは誕生しなかった可能性が高い。時を経て、彼らと劇団という組織ではなく会社というシステムで出会ったことは健全であったように思う。

M崎博之は一九九九年に、他の事務所に籍を置いていたT次重幸とO尾琢真は二〇〇〇年に、㈱クリエイティブオフィスキューに所属した。こうしてTEAM NACSは二一世紀を迎えたのだった。

公演をやるごとに人気が出て、二〇〇二年に上演した『WAR ～戦い続けた兵士の誇り』では九五〇〇人を動員した。もう一万人は目前だった。札幌でしか行われなかったのに驚異的な集客力だった。ただただ純粋に凄い奴らだと思った。と同時に随分と羨ましく思っていた。

同じ様に僕もかつて劇団を運営してきた。常に悩み苦しんでいた。意識、レベルの違い。それが一番の原因だった。TEAM NACSは五人五様ではあるが、意識せずに高いレベルを持っていた。それはそれぞれに持ち合わせていたものであるのかもしれないが、お互いに高めていったものでもあると思う。ただし、そのことを本人たちは認識していないだろうが。

彼らは、演劇を〝遊び〟と捉えていた。〝演ずる〟ことがゲームなのだ。誰かが即興で状況や場面を設定する。ゲームの始まりだ。それに次々と参加していく。例えば、T次がいきなりO尾を尋問し始める。ここでT次は刑事となり、O尾は犯人なのだ。それを窺《うかが》う他のメンバーはどうしようかと思案し始める。O泉が入ってきた。T次に向かい高圧的な態度を取る。T次は「課長」とO泉を呼んだ。そこでO泉は刑事課の課長という役を演じ始める。

時には相手の台詞に爆笑したり、時には、無理矢理な展開を罵《のの》ったりする。これがもうエチュードレッスンなのである。五人が集まれば、こういう遊びが始まる。堅苦しい養成所で演劇論を振りかざす教官から指導されるのとは違い、遊びながら彼らはお互いを高めてきたのだ。彼らにしてみれば、ただ遊んでいただけと言うだろう。それはそうだ。本人たちはそういう意識だったんだから。これが彼らの最大の強みであると思う。それは同時に楽しいゲームしかしたくないという彼らの方向性さえも定めた。

今でもこんな遊びを見かける時がある。それは本当に微笑ましく羨ましい。僕には絶対出来なかったことだから。

彼らとは対照的な劇団だった。完全なるワンマン。独裁だ。ただそれは僕の我が侭だけによるものではない。誰かが強く牽引しなければ動かないような組織、時代だった。でもナックスは違う。それぞれに動力があった。

田舎の草野球はエースで四番バッターでキャプテン。一人でゲームを作り上げる。地方で劇団をやることはそういうものだと思っていた。現に、そういう劇団は他にも多数あった。ただナックスは皆が四番の力を持ち、それぞれにピッチングも出来る。

「?」

いや違う。僕は野球に譬《たと》えたが、彼らのゲームそのものが違う。それぞれの順番でバッターボックスに入る野球とは違う。それぞれが同時進行に動き回っている。そうだ、バスケットボールだ。全員でボールを回し、全員がシュートを打つ。サイドが変われば全員で守る。そもそもゲームが違うんだと感じた。

そんな彼らの台頭は、表現者としての僕を刺激した。演技者としての欲求は日に日に減っていく。その代わりに表現者としての成長が僕には命題となったのだ。

二〇〇四年『LOOSER～失い続けてしまうアルバム』、二〇〇五年『COMPORSER～響き続ける旋律の調べ』、この二作品の意味は大きい。初の東京進出。そして全国公演。目の前に突きつけられたハードルをTEAM NACSは見事に越えてみせた。全国各地で温かく迎えられ、スタンディングオベーションで送られた。本当にありがたいことだと思う。

だが、その一方で、とんでもないことをし始めたのではないだろうか、とも思った。

その後TEAM NACSの面々には、テレビドラマや映画、客演舞台の話が次々にきた。それぞれ華々しく大きなフィールドにチャレンジした。さすがだと思った。

その頃の僕はというと、彼らの活躍と反比例するように落ちていった。韓国まで行き映画だけではなくいろんなことを学び、悩む。その末に自分らしさは何かを自問していた。

「ボクハ　ナニヲ　シテイルノダロウ」

いつもなら自己嫌悪が現れ自問自答を繰り返す。それは発破をかけられるようでもあるが、実は傷の舐め合いをしているにすぎない。自問自答ばかりでは答えは出てこない。答えは考えて出すものではない。何かを実践してこそ答えは出ると思う。ただ立ち止まったままの僕が答えを導き出せるはずはないのだ。

やっと気が付いた。

「僕は何をしているのだろう」

と。

こんなことで悩んでいる場合じゃない。自問自答する生活には別れを告げなければならない。それこそ何をしているんだ。そう思うと自分が滑稽に見える。

自分なんぞを考えている暇はない。限りのある人生、まずは動き出さねば。

O泉洋に言われたことがある。

「社長がいるから、まだまだ自分たちも頑張らなければと思います。あの人があの歳でやっているのだから、一〇歳違う僕らは、まだ少なくとも一〇年はやらなければダメだと思わせてくれるんです。そういう存在なんです。社長は僕らにとって」

そうか、そうなのだ。ならば、いつまでもバカをやり続けよう。顔に真っ赤なドウランを塗ったり、八本足のタコの着ぐるみを纏い、目が回っても吐き気がしてもグルングルンと回り続けてやる。そんな時、疑問に思ったことがあるか。

「ボクハ　ナニヲ　シテイルノダロウ」

いや、ない。ただ

「なにをやってんだ、俺」

と、ほくそ笑むことはあっても疑問に思ったことなどはない。

二〇〇六年六月二二日。ドイツ西部にある工業都市ドルトムントに僕はいた。FIFAワールドカップドイツ大会。グループリーグ最終戦。日本対ブラジル。玉田のゴールで先制するものの結果は1－4と惨憺たるものだった。試合終了後、孤軍奮闘していた中田英寿はピッチに倒れ起き上がらなかった。それを最後に彼は現役を引退した。その時の光景が忘れられない。

この年、TEAM NACSは結成一〇周年を迎え、更なる飛躍を目指す。

そして僕はもう一度、失敗を恐れずに前へ向かう決意をした。今まで何度も失敗して来たんだ。一度や二度の失敗が何だ。結果が伴わなかったからって、それがどうなんだ。そんな事を考える人間じゃなかったはずだ。

バカは同じ間違いを繰り返す。だからバカだ。でも仕方がない。無知なのだから。所詮、僕はバカなダメ人間なのだから。

と開き直ってみたものの、挫折と自己嫌悪は永久機関のようにまたも僕を襲うことだろう。そして、また凹《へこ》む。そうに違いない。

だったらまた凹めばいい。凹んでもまた、そこから抜け出せばいいだけのことだ。何を恐れる。もう何度も経験してきたことなのだから、慣れっこなはずだ。そう思うと気持ちは軽くなり、自然と足が動いた。動き出すと今まで見えていた景色も少しだけ変わる。そして肌には風を感じることが出来た。自分が動き出すことで、周りの見え方も変わってくる。立ち止まったままでは何も変わらない。

「何を、やっていたんだ今まで」

と思った。

19 映画『銀色の雨』

どのぐらいの時間、迷路にいただろうか。立ち止まってばかりもいられない。どう現状を打開するか？　考えてしまうと、さらに深みへとハマる。ならばもう考えない。荒行ではあるが、まったく逆の発想で取り組んでみようか、と思った。物事を重く捉えるのではなく、まずは受け止めてみてはどうだろうか、ということだ。具体的には、オファーしていただいた仕事はなるべくトライしてみようという発想だった。

とにかく新しい取り組みにチャレンジしてみようと思ったのだった。これがよく言われる僕の極端なところだ。ダメであったら真逆の方法を考える。真逆であるから、それまでと矛盾が生まれる。表面だけ捉えられると破綻したかのようだ。そう思われることも多い。

今まで北海道での活動、北海道からの発信にこだわってきたが一度、その約束さえも外すことにした。

北海道を飛び出て、東北六県で放送されるFMラジオを始めた。東京のテレビ局でドラマの演出をさせてもらった。CS放送でも番組を始めた。とにかく今まで経験したことのないことをやってみようと考えた。

その考えは映画にも及んだ。今までは生まれ育ち生活している北海道を舞台にした作品にこだわってきた。北海道以外での映画作品というのは考えたこともなかった。が、その考え方さえも捨ててみた。

タイミング良く浅田次郎原作『銀色の雨』という作品の映画化が計画され、その監督にと指名を受けた。

監督をした過去三作品は北海道が舞台で、原案はすべて僕が考えた。さらには自分の会社もかかわっていたし、プロデューサーの一人には家内も名を連ねていた。

今回はそのどれにも当てはまらない。舞台は鳥取県米子市。原作は小説。そして単純に監督としての参加で、単身でのワークであった。今までと勝手が違うのに慣れなければならなかったが、やりがいはあった。

知らない土地で作品を作るということは何から何まで調べなければならない。米子市自体、ちゃんと訪ねるのは初めてのことだった。メイン通りから裏路地までいろいろなところを細かく歩き続けた。北海道には基本的に細い路地はない。どんなに細くとも車が通れる幅がある。何せ冬には雪で覆われ、除雪しなければ道を通ることが出来なくなる。雪をよけるには、それなりに広さが必要だ。

だから日常にはない細い路地が僕は好きだったりする。そんな町並を見るとワクワクしてしまうのだ。この映画の候補地は他にもあった。宮城県の白石市や福島市、福井市。それぞれの町に行き、どんな撮影が出来るか。どんな物語が作れるかを検証した。そんな中で鳥取県の米子市は理想的な町に映った。

裏路地はもちろんのこと、日本海と中海、二つの海があり町中には小さな川がいくつも流れていた。黒く塗られた板壁と瓦屋根は昭和の街並を彷彿させる。いたるところに子供たちの安全を祈願する地蔵が置かれている。この町の人々の優しさが窺《うかが》える。初めて訪れた時に
「ここだ。ここしかない」

と思った。

その後、何度も米子を訪れた。くまなく町を歩く。ロケに適した場所を探し回る。ずっと北海道で行ってきた撮影を、何も知らない山陰の町で行う。見るもの空気感、いろんなものが新鮮に感じられた。

「北海道と違うなあ」

「こんなに入り組んだ小道は札幌とかにはないいな」

「北海道はトタン屋根で瓦屋根はないからなあ」

ふと思った。見知らぬ土地で慣れない光景を眺めている時に思っているのは、その町の風景と同じく、よく知る北海道の光景なのだ。北海道の風景と比較している。基準となるのは北海道なのだ。

今回、北海道外で新しいチャレンジとして、北海道を離れての映画作りであったのに、僕の中には常に北海道があり、判断基準は決まって北海道であるのだ。インタビューで訊かれることがある。

「本当に北海道を愛しているんですね」

決まって僕は否定する。

「いえいえ、決して愛しているわけではないのです。北海道のダメなところだって見てきましたし、嫌いな所も沢山あります。大雪の日なんてもううんざりです。たまたま生まれ育ったのが北海道であって、それ以上でもなんでもないんです。九州に生まれていれば、九州をそう思っていたと思います」

本当にそうだと思う。東北に生まれれば東北をそう思っていただろうし、四国であれば四国をそう思う。

単純に自分の家がある場所。そこは自分が戻る場所であり生活する場なのだ。疲れてしまえば、そこで深い眠りに就くのだろう。出来れば、息を引き取るのは自宅が良いと思う。

よく、地方と言われる。実はこの言葉があまり好きではない。というのは中央があっての地方であるからだ。辞書を引くと中央は〝ある地域、組織や機関の中で、最も重要な機能を担っているところ〟とある。だとすると地方は〝重要な機能を担われてはいないところ〟なのか。否定はしない。そうなのだ。社会ではそう考えられる。ただ、これは一個人で考えると、そうは言い切れないのではないだろうか。自分個人にとって〝最も重要な機能を担っているところ〟は何処か？　僕個人で言えば今は、札幌にある自宅であり会社であろう。ということは、僕個人には札幌が中央となる。個人レベルで考えれば皆がそうだろう。神戸にいる人は神戸が、その中心である。盛岡なら盛岡、広島なら広島。

物事をその中心で考えるのは当たり前のことだ。だから、常に北海道、特に札幌を考えることは当たり前のことなのだと思う。

オーストラリアの原住民アボリジニがエアーズロックを世界の中心と考えたことと同じだ。僕らは僕らが生活しているところが中心であり、一番大切な場所なのだ。

だから僕のいる北海道は、一般的な解釈で言われる地方ではないと思っている。

そのことを米子で確信した。外に出ることにより客観的に自分の位置を知ることが出来る。実は、渦中にいる時には見えなかったものが見えてきたりする。

僕はずっと北海道にこだわってきた。北海道で作る。北海道から発信する。そのことに間違いはないと思っているし、今も、これからもそうありたい。ただ、そう考えるためには一度でも外に出るべきなのだ。外から見ることによって今まで気がつかなかったものが見えてくる。

〝可愛い子には旅をさせろ〟

と古くから言われているが、全くその通りだと思う。だから弊社所属タレントの多くも今、北海道を離れて見聞を広めている。

新しく違ったことにチャレンジするということは、単純に自分のフィールドを広げるだけではない。それまでの自分を検証するきっかけにもなる。

少なくとも、この映画『銀色の雨』を始め、東北地方でオンエアされた『北風小僧』というラジオ番組。フジテレビで演出させてもった『ロス:タイム:ライフ ～スキヤキ編』といった取り組みは、大きなきっかけとなった。

何年間も迷路を彷徨《さまよ》っていた僕を、その迷路から引きずり出してくれるきっかけになったのだから意味は大きかった。これらのきっかけがなければ、まだまだ抜けられない迷路の中でジタバタするだけだったと思う。

迷路を抜け出し視野が一気に開けたものの、それはあまりにも広大で三六〇度、ただただ地平線だけが見える原野だった。垣根はないが、道がないというのも言わば迷路である。どこへ行くべきか道がないのだから。あまりにも極端に変わってしまった光景に面食らう。一方で何か分からない期待も沸き上がって来る。

考えてみれば昔はいつもこんな光景を見てきたのだった。

何もない原野。

北なのか西なのか南なのか東なのか、どっちへ進むべきかも分からなかった。それでも、何とか足下の草木を刈り取りながら細い道を切り開いてきた。

「そうか、そういうことか」

と僕は思った。

「やるべきことは、これなんだ」

分かっていたつもりでも、欲が出てきたり違うことをしてみたくなったりと、違う世界を求める。でも分かっているはずだ。自分がやるべきこと、やりたいことは一〇年前も二〇年前も変わってはいない。

なにもない原野に放り出されたのに、どこか清々しい気持ちでいた。

「もう一度」

そうだ。

「もう一度、初めからやってみよう」

次を求めるのも大事なことだろうが〝もう一度〟という考え方も大切であるように思

えた。

「さてと」

三六〇度ぐるりと見渡し、

「どっちへ行こうかな」

と思った。

20 『ダメ人間』

二〇〇九年九月九日。キューが三つならんだ日。〝サンキュー〟という日頃の感謝を込めて一冊の本を出版した。

『ダメ人間 ～溜め息ばかりの青春記』

一九歳から二九歳。大学浪人生から演劇三昧の二〇代。そして会社を設立した二九歳までの苦悩を綴った。タイトルにもあるダメ人間ぶりは予想を遥かに超えたものであったと読まれた方々に言われた。全くその通りで、相当に酷かった。基本的に書けることを書いたのだから、当然書けなかったこともある。それは本当に酷い話ばかりだ。

この出版の話をいただいた当初、僕は漠然と〝地方からの挑戦〟みたいな本を書こうかと考えていた。が、周りの求めているものは違った。自伝を書いてみてはと言うのだ。

「いやいや、ちょっと無理だよ」

書けないことだらけだ。二〇代は自己嫌悪な毎日だった。演劇に打ち込んでいるといわけがない。

う虚像の自分を作り出し、現実逃避していたに過ぎない。そんなことを好き好んで書く

「無理無理無理」

頑に拒んだ。

汚点を世間に曝け出して何の得がある。それともう一つ、自分が経験してきたことということは経験値になった時点で、大したことではなくなる。多分、金メダルを獲ったアスリートは、その大会までは自分がやろうとしていることはとてつもなく大変なことで、そのために必死だったに違いない。辛いトレーニングも乗り越えた。でもいざ金メダルを獲得してしまうと、それまでのことが報われ昇華してしまうのではないだろうか。だから今まで辛かったことも、そうは思わなくなる。クリアしてしまった時点で、何事も大したことではないと思ってしまうのではないかと思う。

人生の中での経験もそれに似ている。乗り越えた自分は大したことではないと感じているのだ。であるから自伝なんぞを書いても、大したことのない物語でしかないように思えた。本当に自分の物語を書くつもりはなかった。

しかし一方でよく言われた言葉があった。それはO泉洋からよく言われた。

「俺たちがいくらテレビやラジオで面白いことを言っても社長の私生活にはかなわない。こんなに面白い人生はない。でも外には言えないことばかりだけど」

そう言われてもピンとは来ない。それはクリアしてきたこと、今となっては過去の出来事に過ぎないのだからだ。そうは思っていても、周りからのリクエストは大きくなる。そして魔が差す。余り深くも考えずに
「じゃあ、書いてみようか」
と返事をしてしまった。それがここまでに至るすべての失敗であった。

記憶というのは随分と上手く出来ている。自分に都合の良いことは鮮明だが、都合の悪いことは曖昧なのだ。さらには消え去った記憶も多い。それは記憶だけを追えば、どんな人生も結局は自分に都合よく作られていくのかもしれない。だが書籍となると、ある程度の客観性が求められる。そのためにはいろいろなデータを見聞きして、文字に起こさなければならなかった。

この客観視する作業はかなりシンドいものである。己の愚かさが一五〇キロ以上の直球でミットに投げ込まれる。ズシン、ズシン！　球威は痛みとなってミットをも通り越す。

冒頭を書き出して早々に嫌になった。
「こんなこと引き受けるんじゃなかった」
何度もそう思った。

そして自分の言葉として、自己を振り返るのは辛い。いや情けない。だからもう一人の自分という〝自己嫌悪〟なる架空の人物を登場させなくてはならなかった。そうしなければ書けない。愚かな物語なのだから。

「本当に愚かな物語だと思う」

ノートパソコンをあの男が覗き込んでいた。そう自己嫌悪だった。

「嫌になるよ」

と僕が言うと

「Me too」

と答えやがった。ふざけやがってと思ったが、そりゃあそうだとも思った。彼は僕で、僕は彼なのだから。

「でもさ、仕方がないさ。きっとさ、お前だけじゃないと思う」

と自己嫌悪は言った。分かっていたが、あえて訊いてみた。

「何が?」

「みんな、迷ったり溜め息ついたり、時には自分が嫌いになったり。それはそれで普通のことなんじゃないかな」

「普通のこと?」

「うん。躓《つまず》かない人生なんてない」

「躓かない人生なんか……ないか」

僕はただただ、おうむ返しを繰り返した。

「躓くのは当たり前、それをどう起き上がるか。もしくは、どう助けてもらうかだと思う」

「助けてもらう？」

「ああ、一人で何とかしようと思うから、迷路にハマってしまう」

「ああ、まあな」

「自分でどうにもならなくなったら、素直に〝助けて〟って言えばいいのさ」

「でも……」

「そうだな。普通、助けを求めたくはないよな」

「うん」

「どうしてだと思う？　どうして助けを求めたくない？」

「そりゃあ、相手に迷惑がかかるからさ」

自己嫌悪は苦笑した。

「違うよ。相手なんかじゃない。小さなプライドさ」

「プライドか」

言われてそうだと思った。何処かで自分を過大評価している。謙虚になろうと頭では分かっていても、自尊心が邪魔をする。

「自分は他とは違うと思っているんだ」

「そうなのか」

「ああ、そうだ。違うかどうかは結果が出て初めて分かるのに、まだ走り出してもいないのに、そのことばかり気にしている。いや、それもいいんだ。成功するイメージを持つことは大切なことだと思う。それで順調なスタートを切れればいいが、ちょっとペースが合わなくなっても違うと信じ込もうとする。それがダメなんだ。素直に実力を受け止めなければ。スタートをしても時には走るのを止めても良いと思う。もう一度、仕切り直す勇気が必要な時もあると思う」

「……」

「結局、俺は中途半端なままだと言うんだな」

気を使ったのか、それとも彼も僕だから、彼自身もそのことを受け入れるのに躊躇したのか、返事はなかった。

「何だろうなあ。何も進歩していないな、俺」

「いや、そうでもないさ」

気休めか？と思ったので僕は言葉には出さなかった。そして、気休めでも何かを言って欲しいと自己嫌悪の言葉を待った。

「ダメだと思うということは、それ自体成長を意味すると思う」

僕は黙って彼の言葉を聞いた。

「ダメだと思うことから始まる。そしてそれを克服するために努力する。これでいいやと思ったら、そこでお仕舞いだ。満足出来ない。納得出来ないと思うことは、逆にまだまだやれるって証さ」

「励ましてくれるのか」

「本当にそう思うから言っているんだよ。スポーツ選手がワールドレコードを、自己新記録を達成しても続けるのは、そういうことなんだと思う。先へと進んだがまだまだ弱点があることを同時に知ってしまうんだ。それを克服すれば、さらに先へ行ける。そのためにまた努力する。そういうことの繰り返しだと思う」

「何だか飛躍し過ぎてないか。そんな世界一の話をされても」

「同じだよ」

「そうかなあ」

暫く黙ったままでいた。自己嫌悪が何かを言ってくれるのではないかと待つが、何も言おうとはしなかった。長い沈黙が続いた後、彼が切り出した。

「そろそろかな」

「そろそろ？　何が？」

「そろそろ消えるよ」

「消える？」

「もう、俺は必要ない」

自己嫌悪が何を言っているのか僕は分からなかった。

「いちいち、俺が指摘する必要はもうないさ。それはお前自身がもう分かっているからだ。過去の自分をすべて曝け出した。それで自分がどんなに弱い人間かを痛いほど知ってしまった。あとはお前自身が踏ん張るしかない」

「ちょっと待ってくれよ。俺は随分とお前に救われた」

「ああ、だからだよ」

「だから？」

「もう俺を頼りにするな。これからはお前自身で解決するんだ」

「だって、さっき〝助けて〟を言えるようになれって言ったじゃないか」

「だから、それは俺にじゃない。俺はお前だ。結局は俺に言っているということは自問自答しているだけだ。外に救いを求めろ」

「……」

「分かるな。自己嫌悪はな、自己嫌悪だけじゃ意味がない。それを外に曝け出してこそ、身になり成長出来るんだ。ヘッポコなプライドを捨てて曝け出せ」

「……」

自己嫌悪の言葉は痛いほど分かる。自己嫌悪しているままじゃ意味がない。自分の弱点を曝け出して強くなる。そうなのだ。自己嫌悪だけではダメなのだ。それを彼は自ら教えてくれた。

柄にもなく自己嫌悪は手を差し出してきた。

「こういう時は、握手だろう」

「こういう時って？」

僕はとぼけてみせたが彼は真面目な顔で言った。

「別れの時だよ」

彼は僕の手を強く握った。痛かった。そして次の瞬間。僕の目の前から消えた。すっという感じで消え、胸がズシンとした。今まで鏡のように僕であった自己嫌悪は僕の中に入り込んだのだ。彼を外に出すことで僕はバランスを保ってきていた。ただ、それはもう一人別人格を作り出すだけのことで、僕自身の問題は何ら解決していなかった。

彼は最後に言った。自己嫌悪は自己嫌悪だけでは意味がない。それを曝け出して初めて成長出来る。そして曝け出すためにはプライドは捨てなければならない。分かっていた。ずっと分かって生きてきた。でも、そう簡単には出来なかった。

でも、自分自身が〝ダメ人間〟であることを、本という形で外に曝け出して、僕は少しだけ成長出来たように思う。

21　再出発

今、僕は新しいプロジェクトで演劇公演を目指している。プロジェクト名は「OOPARTS（オーパーツ）」。これは「Out Of Place ARTiSt（場違いなアーティスト）」の略で、一九九八年に解散した劇団名と同じである。今回は劇団ではない。あくまでも僕のソロプロジェクト名で集団化するつもりはない。

しかも劇団ではないから演劇にこだわるつもりもない。第一弾は演劇だが、今後があれば映像やテレビ、音楽、インターネット、出版、もしかしたらフードコーディネイトとかにチャレンジするかもしれない。いやいや、その可能性は低いが、どんな分野に関しても可能性だけは残しておきたい。限定、制約をしないのが、このOOPARTSプロジェクトである。

今さら、この名前で演劇をやるとは夢にも思わなかった。でも今は素直に受け止められる。

ただ手探りで演劇に没頭し、やっと形になり始めた時には、その集団のあり方、メンバーの意識の違いに悩まされた。その現実から逃避するように新しくテレビやラジオというメディアにのめり込んで行く。だが、そこでも様々な葛藤が押し寄せてきた。今から思うと中途半端なプライドが起因だったように思う。自分のバランスを保つがため、地方と卑下されることを拒絶したいという田舎者のプライドが映画制作へと押し進めさせた。そこで得た〝映画監督〟という呼び名にすがりついた。しかし、それも束の間。自分の無力さに直面し、出口のない迷路に迷い込んで行く。そして出たのは何もない原野だった。

でも、いつもそうだったのだ。何もない所からすべては始まった。ゴツゴツとした岩をどけ、土を耕して畑を作り、道を開いてきた。そうだったのに、いつしかアスファルトで整備された道に憧れ、自分が作った道でもないのに、エンジンを吹かして走ることを夢見ていた。

そうではない。道なき場所に道を作るから新しい場所に行けたのだ。それが僕、そして僕たちの進むべき方向なのだ。

僕にとってこの新しいプロジェクトは、原野に身を置くのと同じだ。どっちへ進むべきなのか自分でも分からない。すべてが原野なのだから。それでもワクワクしている。それは、くねくねと曲がった道ばかりを遠回りで歩んできたが、その足の痛み、疲労感が少しばかり歩くことを覚えている。それに、暖かい日差し、肌に刺さった雨の冷たさ、森を抜けてきた風の匂い、空を飛ぶ小鳥たちのさえずり、何てことはないことだけれどいろんなものを見て聞いて感じてきた。これから歩んで行くのに、何気ない一つ一つがきっと役に立ってくれるはずだ。まるで遠足前の子供が眠りに就けない様に落ち着かない。

いろんな経験をした。その多くは挫折や絶望であった。その度に、誰かに助けられて歩いてきた。

僕はよく言ってきた。

「もう、歩きたくない」

と。ウジウジ、メソメソばかりだった。

その都度、周りの人々はなだめたり叱ったりしてくれた。

「余計なお世話だよ」

と思ったことも少なくはない。それでも見放さなかった仲間には感謝している。若い頃は随分と奢った人間で独りよがりだった。

「自分は絶対に間違えていない」

と吠えていた。でも、僕はいつも間違えてばかりだった。本当にダメ人間だった。

今でも思う。

「いい歳をして何をしているんだ」

そんなことばかり。同じ間違いを繰り返すのはバカだと思っていたが、同じ間違いを繰り返してきた自分こそバカだ。

「もう自分が嫌で嫌でたまらない」

だけど僕は生きている。もしかしたら、いつか自分を好きになりたい。そう思っているからなのだろう。自分を否定するのは何よりも辛い。

でも、僕は自分を今は否定しなければならない。いずれ肯定出来る日が来ることを願って。


「本当は、チヤホヤされたいんだろう」

「そうかもしれない」

「本当は、一番になりたかったんだろう」

「そうかもしれない」

「本当は、メジャーになりたかったんだろう」

「そうかもしれない」

「本当は、東京に出たかったんだろう」

「そうかもしれない」

「本当は、TEAM NACSが羨ましいんだろう」

「そうかもしれない」

「本当は、映画祭の賞とか欲しいんだろう」

「そうかもしれない」

「本当は、もっともっと注目されたいんだろう」

「そうかもしれない」

「本当は、自分こそ才能があると思っているんだろう」

「そうかもしれない」

「本当は、自分じゃなくて、世間がバカなんだって思っているんだろう」

「そうかもしれない。でもね」

「でもなんだ？」

「チヤホヤされたからなんだっていうんだ」

「本当に？」

「一番になったからってどうなるんだ」

「本当に？」

「メジャーになって幸せなのか」

「本当に？」

「東京に出ていたら埋もれてしまうだけじゃないか」

「本当に？」

「TEAM NACSみたいになんてなれない」

「本当に？」

「映画祭の賞なんて獲れるわけないだろう」

「本当に？」

「注目されたら、そのプレッシャーに押しつぶされる」

「本当に？」

「才能なんて全然ない」

「本当に？」

「世間じゃない、僕がバカなだけなんだ」

「本当に？」

そう言われて言葉に詰まる。

「本当に？」

もう一度訊き返された。

「分からない」

「そうだな、分からない」

そうなんだ。その時その時、浮き沈みがある。人の意見を聞き入れる時、そしてそうじゃない時もある。数々の経験を重ね、多少は分別がつくようになったが、完璧ではない。多分、残念ながらこれからも〝ダメ人間〟であることは返上出来ないだろう。でも、自分がダメであることを認識しているし、このままじゃダメだと思っている。

僕はニッと笑ってみせた。鏡の中の自分も笑っている。僕には優しかった自己嫌悪はもういない。これからは自分で自分を問いつめ、時には慰めなければならないと思う。もう、溜め息ばかりついてはいられない。そう思った。


これからも挫折し悩み続けることだろう。だが、それが身になり骨になる。辛いこと投げ出したいこと、泣きたくなるような思いが、人を大きく強いものにしてくれる。

〝ダメ人間〟であることは、まだまだ頑張れるということであると、僕は信じる。

あとがき

　この本を書いたことを後悔している。自分の汚点を世間に曝す意味がわからない。ならば書かなければよいのに書いてしまった。さらに記憶を辿りながら自己嫌悪に陥ってしまう。過去の自分がつくづく嫌になる。気がついてはいたが文字にするたび、過去の〝負〟のエネルギーが跳ね返り僕に襲いかかってきた。精神的にも肉体的にも相当弱った。

　これは前作『ダメ人間～溜め息ばかりの青春記』の「あとがき」の始まりだ。こんなにも後悔しているのに続編を書いてしまったところが〝ダメダメ人間〟である証なのだろう。

「喉元過ぎれば熱さ忘れる」

　歳を重ねても同じような間違いを繰り返す。それはそれで自己嫌悪に陥る最大の要因であるのだが、それを踏まえての成長がなければ自己嫌悪さえも意味はない。ただの思い悩みでしかないように思う。

ごく最近まで僕は北海道に生まれ育ったことを悔やんでいた。自然は豊かだし、食べ物は美味しいし空気は綺麗だ。物価も安い。ワンルームマンションなら地下鉄駅徒歩五分圏内、数万円で借りられる。何を贅沢な、と言われそうだ。

ただ、文化・芸能面ではずっと中央より一〇年遅れていると言われてきた。地方には、経験値もなければ財力もないし、人材もいない。希に才能あふれる人物が出たりもするが、ごくごく僅かなレアケースに過ぎない。ホワイトタイガーみたいなものだろう。

そんな環境下で、演劇や映画、テレビやラジオを作ることは本当にしんどく、何度も心が折れそうだった。中央に負けじと勉強をしたつもりだ。つもりというのは、あくまでも独学に過ぎず正直、決して効率の良いものではなかったのかもしれない。

意地だった。多くの仲間が故郷に見切りをつけて旅立っていった。二〇代の僕はそれを追うつもりでいたが、結局、上京のタイミングを逃した。それは自分に勇気がなく踏ん切りをつけられなかったことが最大の理由だったように思う。そう言っているうちに三〇歳を迎えてしまったのだ。そこからはもう意地でしかなかった。でも意地だけでは何の解決にもならない。

暗中模索、五里霧中、試行錯誤に臥薪嘗胆。四字熟語ばかりを覚えていった。

そんな中で僕に大きな影響を与えたのがラジオの『GOIS』とテレビの『水曜どうでしょう』だった。自分が企画した番組であるが、僕自身が大きな影響を受けた。両者の共通点は気取らず自然体であることを要求されたこと。それまでの僕は常に虚勢を張り、闘う意識で表現に取り組んでいた。だが、この二つは違った。緻密に計算されたことではなく、臨機応変に対処する能力を求められたのだ。それまでの僕は舞台がすべてで、その本番に至るまではすべて計算の上での演出が支配していた。ただ残念なのは、よく計算間違いを起こしていたことだった。演出意図や脚本の肝が観客に伝わらない。それはひとえに僕の能力のなさによるものだったのだが、若く血気盛んな僕は自分の能力のなさを認めたくはなかった。

ラジオの『GOIS』にもテレビの『水曜どうでしょう』にも台本はない。その場で要求された言葉や行動で返さなければならなかった。それまでやっていた舞台人に要求されたものとは随分と違った。でも、そこに僕は新しい可能性を感じた。そして、その代表格として現れたのがO泉洋だった。彼の才能は周知の通りたぐいまれなもので、今後、地方から彼のようなタレント、俳優は出て来ないだろうと思う。それだけ彼は特別なのだ。そう、僕が会得しようと思ったものを彼はすべてすでに持ち得ていたのだった。悩み抜いた大学時代。不毛に過ごした二〇代。すでにO泉はその時点で抜きん出ていた。スタートからして違うのだ。ここでも僕は挫折した。当時は思い悩んだものではあったが仕方のないことだ。己の力を知り、その相手の力も理解出来る。己の力を知らぬ者が無意味な闘いを挑む。

この二つの番組、そしてO泉洋との出会いは僕を大きく変化させた。

それまで半ば意地でがむしゃらだったのが、自分に出来ることは何かを考えるようになった。それは同時に、自分の限界点を知る作業でもある。未来へ向かい己の可能性は未知数としておきたいが、今の実力判断となるとシビアにならざるを得ない。

先、先ばかりを見ていた人間が足下に視線を移す。それがどれだけ残酷な作業かお分かりいただけるだろうか。現実を目の当たりにしなければならないのだ。でもそれが良かった。自分の実力を真摯に受け止めることで、僕は新しい僕を模索しなければならなくなった。

僕だけではない。このスキマ産業のような二つの番組は回を重ねるごとに支持されていった。それまでの僕は中央に負けじと企画を考えたが、それはあくまで中央の番組の亜流でしかなく、真似事に過ぎなかったように思う。この二つの番組の共通点は、両者とも放送局に期待されなかったことにある。テレビは先に書いたがラジオも同様で、それまで聴取率が米印という数値にも反映されないような時間帯だった。両者とも開き直りで引き受けた番組という共通点があった。

開き直る。これこそ、本来の原動力なのだ。一《イチ》か八《バチ》か。人生それでいいじゃないか。何かを守ろうとして中途半端になるより、大失敗でもいいから挑戦する。それが大事だと思う。

とは書きつつもまだまだ僕は中途半端だ。まだ開き直れていないことが多過ぎる。

「いいじゃん別に」

と大手を振って言ってみたい。

『ダメ人間』『ダメダメ人間』と二つの自伝的私小説を書いた。これによって本当の自分が露になった。当然、自己嫌悪に陥り溜め息ばかりが出た。だが、いつまでも9494（クヨクヨ）していても仕方がない。9494は全部掛けると1296。1（イ）2（ツ）も9（ク）6（ロウ）、クヨクヨしていたらいつも苦労するしかないのだ。

ここでも開き直る必要がある。間違っていた過去を肯定するつもりはない

が、自分の心の中だけで
「いいじゃん」
と思いたい。そうでなければ生きていけないこともある。
大好きな曲がある。ELLEGARDENというバンドの『虹』という曲だ。その一節に
〝積み重ねた思い出とか
音をたてて崩れたって
僕らはまた今日を記憶に変えていける〟
とある。
土砂降りの雨を恨むよりも、雨上がりの空に架かる虹に思いを馳せたい。
いろんな経験を積んで今、僕が思うのは先に進むことではない。もう一度、自分が歩んで来た道に戻ることだ。もう一度、同じ道を歩いてみたい。かつては凸凹《でこぼこ》だらけの道だったが、今は少しぐらい整備されているだろう。昔は「先へ先へ」としか思っていなかった。でも今、歩けば少しは周りの景色を見ることが出来るかもしれない。どんな景色の中を僕は歩いて来たのだろう。道端にはどんな花が咲いていていたのだろうか。

ダメな奴だったから、やり直さなければならないことが山積みだ。さあ、忙しくなるぞ。

旅支度は必要ない。体一つあれば充分だ。

「じゃあ、行ってきます」

ダメダメ人間
～それでも走りつづけた半生記

2010年9月11日　初版第1刷発行

著者　鈴井貴之

発行人　横里 隆
発行所　株式会社メディアファクトリー
〒104-0061
東京都中央区銀座8-4-17
電話　0570-002-001(読者係)
03-5469-4830(ダ・ヴィンチ編集部)
印刷・製本　図書印刷株式会社

落丁本、乱丁本はお取替えいたします。

定価はカバーに表示してあります。

ISBN978-4-8401-3502-3 C0095
Printed in Japan

日本音楽著作権協会（出）許諾番号 1010250-001